L'Enfer est de Charles Jaulnay ; le Mariage, imitation de l'italien de Machiavel est attribué à Jacques Le Fevre, et aussi à Lafontaine, — Manque le frontisp. gravé.

L'ENFER BURLESQUE.

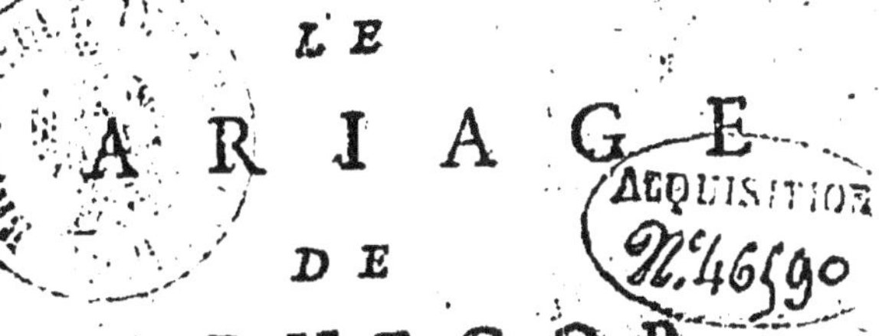

LE MARIAGE DE BELPHEGOR.

Epitaphes de

Mr. DE MOLIERE.

A COLOGNE,

Chez JEAN LE BLANC.

MDC LXXVII.

PREFACE.

LEs passions des Hommes sont si dereglees & chacun s'y laisse emporter si facilement qu'il ne faut pas beaucoup s'estonner de voir la Vertu foulee aux pieds & le Vice elevé sur le Throsne, les Plaisirs du monde entrainent insensiblement les plus sages, & ceux aux quels il semble avoir esté donné de connoistre les mysteres des Cieux se laissent aller à leur sentiments & pour vouloir trop sçavoir ils ignorent tout, & souvent tombent d'une haute sagesse dans une grande folie; Pour les Philosophes & les Sçavants du Siecle ils sont pour la plus part si presomptueux qu'ils encensent a leurs propres filets, & croyent que chacun doit estre de leur opinion, ils s'estiment autant de flambeaux au Monde & sont si enflés d'orgueil qu'ils s'imaginent pouvoir venir à bout de tout, nil volentibus Arduum s'escrient ils, comme si l'Execution dependoit absolument d'eux & que pour sçavoir tout il leur suffisoit de dire sic volo, sic subeo, sit pro ratione voluntas; Pour les Marchands le desir

qu'ils

qu'ils ont d'augmenter leurs richesses les fait travailler nuit & jour mais souvent à leur damnasion, car on voit que les plus riches sont les plus avaricieux, & pourveu qu'ils assouvissent leur passion ils ne pensent pas à ce quil deviendront, le renom d'estre Grand Marchand leur agree plus que celuy d'estre Bon Chrestien, & le plaisir qu'ils ont à batir des Palais leur fait oublier les plaisirs de la vie à venir. Pour les Artisans & ceux de la lie du peuple se laissent aussi emporter à leurs passions, la plus part dépenseront le Dimanche ce qu'ils auront gagné dans la sepmaine, & osteront le pain de la main de leurs Enfans pour assouvir leur yvrognerie, quand ils ont du travail ils songeront à leur plaisirs & à se donner du bon temps, & s'ils sont un jour sans en avoir ils mandiront Ciel & Terre. Apres tout cela ne faut pas s'estonner si l'Enfer est si peuplé, le chemin en est si facile & si agreable que la plus part s'y trouvent trompés, c'est ce qui à porté l'Autheur de cet Enfer Burlesque *à en faire une description au commencement de son ouvrage qui peut estre tres salutaire à ceux qui le liront & je puis dire*

que

que cet Enfer Burlesque *peut empeſcher un chacun d'aller en Enfer pourveu qu'on le liſe avec attention & qu'on veille profiter des ſes Inſtructions ; car tout le monde y trouvera ſa leçon, de quelque Eſtat ou Condition qu'il ſoit, le Noble auſſi bien que le Roturier, le Scavant & l'Ignorant, le Riche & le Povre, le Jeune & le Vieux ; les Femmes y pouront auſſi bien profiter que les Hommes & tout en riant apprendront comment ils doivent vivre en ce monde pour eviter de tomber dans l'Enfer, j'eſpere que les uns & les autres en tireront du profit & dans ce ſentiment j'ay creu eſtre obligé de le mettre au jour. J'ay joint apres* l'Enfer Burlesque *le* Mariage de Belphegor *qui eſt une piece fort utile & neceſſaire pour apprendre à ſe bien gouverner dans le Mariage & à y entretenir la paix & la concorde ; Et pour remplir quelques pages vuides j'ay adiouté apres ces deux traittés ; les* Epitaphes de Moliere *les quelles je m'aſſure ne deplairont pas au Lecteur.*

AMy Lecteur prend donc courage
A lire ce petit ouvrage,
Aujourdhuy plutost que demain,
A fin que tu sois bien certain
De la route que tu dois prendre,
Si tu veux monter, ou descendre,
On te donne ici deux chemins
Bien differents, quoyque voisins.
L'un est Estroit & l'autre est large,
Prend le premier, si tu est sage
Je te le conseille en ami;
Ni demeure point endormi,
Car la chose est de consequence
Et beaucoup plus que tu ne pense;
Il s'agit de l'Eternité
Prend donc garde d'estre trompé.

L'ENFER BURLESQUE.

PUisque ne point faire d'exorde
N'est pas un fait digne de corde,
De galeres, ny de prison,
Quand on escrit avec raison;
Donc, *A fortiori*, j'espere
Que si je m'exempte d'en faire
Dans un livre Asne par excez,
On ne fera pas mon procez;
Mais qu'on le fasse ou non, qu'importe
Je vais commencer de la sorte.
Je qui suis un certain quidam,
Descendu du bon Pere Adam,
Et d'Eve nostre bonne Mere
Qui nous accabla de misere
Pour avoir sottement mordu
D'une pomme de Caspendu;
Disons plustost de cas pendable,
Dont cette femme miserable
Nous rendit charitablement
Coupables je ne sçai comment,
(Cela soit dit par parentese.)
Moy dis-je assez mal à mon aise,
D'estre par un sort rigoureux
Issu de ce sang mal-heureux:

J'estois un jour proche l'Espagne.
Dedans un jardin de campagne,
Les yeux sur la terre fichez,
Ruminant sur mes vieux pechez
Et sur l'estat de cette vie,
Lors que mon ame prit envie
De reposer auprés de l'eau
Qui couloit d'un petit ruisseau,
A l'abry d'un feuillage sombre,
Dessous lequel force Concombre,
Choux verds, Ozeilles, & Melon
Se pouvoient cueillir à foison:
Ce lieu charmant & solitaire
Assez capable de me plaire,
M'inspira bien-tost le sommeil,
Et Morphée un fou sans pareil,
Un trompeur, un Jean de Nivelle,
Me vint embroüiller la cervelle
De mille sottes visions,
De fantosmes, d'illusions,
Et de quelques chimeres vaines,
Qui me causerent tant de peines,
Que j'en pensay devenir fou.
Ayant resvé mon chien de sou,
Tantost de batailles gaignées,
Tantost de testes ensaignées,
Tantost de crime, & de forfait,
Et tantost de Marcin deffait,
A mesme temps, (chose estonnante!)
Je trouvay contre mon attente

Deux grands chemins tortus, ou droits
Qui naissoient de mesmes endroits,
Celuy qu'on voyoit à main droite,
Beaucoup plus serré qu'une boëte
Ne laissoit pas entrer quelqu'un,
Qu'il ne fust pour le moins à jeun,
Ou qu'il ne deschargeast son ventre
Avant que dire il faut que j'entre.
Aussi ces portes-cocluchons,
Qui sont gras comme des cochons,
Et que le jus d'Octobre noye
Ne choisissent pas cette voye,
Sçachant que pour les vastes corps
Tant d'eux, que de tous leurs consors
Il faut un chemin d'importance
Semblable aux grands chemins de France.
Item, Messieurs les Courtisans,
Qui cherchent des chemins plaisans
Pour faire rouler leurs carosses
Remplis de Concubines grosses,
Vont chercher de plus beaux sentiers
Pour planter leurs Arbres fruictiers.
Item tous ces gens de pratique,
Ces pestes de la Republique
Qui feignent d'estre honestes gens
En escorchant les païsans,
S'esloignent fort de cette route,
Car ils sçavent bien que sans doute
En ces sentiers on ne peut pas
Piller grand nombre de Ducas.

Enfin ny l'Hyver, ny l'Automne,
En ces lieux on ne void perſonne,
Ce ne ſont que deſerts affreux,
Que chemins aſpres & pierreux,
Remplis d'eſpines tres-piquantes,
Qui ſont des marques évidentes
Que c'eſt un ſentier eſcarté
En tout temps fort peu frequenté.

Je vis pourtant en ce paſſage
Qu'on y faiſoit quelque voyage,
Mais certe avec grandes douleurs:
Car beaucoup de ces voyageurs
S'eſtoient deſchiré le viſage,
Quelques uns pour tout heritage
S'eſtoient rompus jambes & bras,
D'autres ſautant d'un roc en bas
Avoient eſcraſé leurs cervelles,
D'autres y laiſſoient les mammelles,
Et quelque membre de renom
Dont je n'eſcriray point le nom.

Dans cét eſtonnement eſtrange
Où j'eſtois de voir vn meſlange
De pieds, de jambes, & de mains,
Je m'adreſſe à deux Pellerins
Que j'apperceus dans des eſpines,
Gens de tres-effroyables mines,
Et de qui les corps deſcharnez
Sembloient des reſtes de Damnez:
Je leurs dis donc par raillerie,
Y a-t'il point d'Hoſtellerie.

Où l'on puiſſe aizement giſter ?
Il ne ſe faut point arreſter,
Me dirent-ils, & les tavernes
Ne ſont pas dans ces lieux externes :
Car c'eſt un ſentier peu battu
Qui nous conduit à la vertu ;
Aprés ces mots, ils me quitterent,
Et contre les cailloux heurterent
Diſant d'un ton de voix fort doux.
Que le bon Dieu ſoit avec vous :
Et moy je fis un pas derriere
Pour entrer dans l'autre carriere ;
Car ce chemin remply d'horreur
Eſtoit mal propre à mon humeur
Qui ſuivoit ſouvent la desbauche :
Je tournay donc ſur la main gauche
Cherchant quelque lieu de plaiſir
Pour me divertir à loiſir ;
Dieux ! que mon cœur ſentit de joye
De ſe trouver dans cette voye !
Que mon ame en ces doux moments
Gouſta de divertiſſements !
Jamais tant de cœurs de muſiques,
Ny tant de banquets magnifiques,
Tant de ſpectacles & de jeux,
Ne ſe montrerent à mes yeux ;
Là les ballets, les maſcarades
Et milles charmantes aubades
Réveilloient les plus endormis,
On n'y voyoit que gens bien mis,

Bien-faits, adroits, de bonne mine,
Les uns Doćteurs en Medecine,
Id est Graduez en venins;
(Car tous les ſçavans Medecins
Qu'entre les grands Doćteurs on loge,
Sont honorez de cét éloge)
Les autres eſtoient Courtiſans,
Grands jaſeurs, & tres-médiſans,
A genoux devant leurs coquettes,
Qui les amuſoient de ſornettes,
Et faiſoient retentir par tout
Cent contes à dormir debout.
Plus des Abbés de conſequance
Fort grands favoris de leur pance
Accompagnez de fanfarons,
Marquis, Vicomtes, & Barons,
Et d'autres perſonnes de miſe
Que du nom de fat on baptiſe,
D'autres diſent de cerveau creux,
Mais il n'importe pas des deux.
Outre tous ces grands perſonnages
Qui ne paroiſſoient pas trop ſages,
On voyoit dedans ces quartiers
Cent ſortes de gens de meſtiers:
Par exemples des Revendeuſes,
Des Perruquieres, des Coëffeuſes;
Des Marchans de Draps, des Gantiers,
Des Parfumeurs, des Taverniers;
Des Couturieres en chemiſe,
Des faiſeurs de poinćts de Veniſe,

Des Lingers, vendeurs de Satins,
Des Tailleurs des Vertugadins;
Plus des Vendeuses de fourmage,
D'herbes propres pour le Potage,
De Carottes, & de Naveaux:
Des Traffiqueurs de Pigeonneaux,
Faisans, Perdreaux, Beccassines,
Ortolans de tres-bonnes mines,
Poullets, Coqs d'Indes, & Chapons,
Veaux, Gorets, Chevres, & Moutons;
Plus des Vendeurs de Savonnettes,
Des joüeurs de Marionettes,
Des Charlatans, des Tabarins,
Des Pantalons, des Trivelins,
De ces Gens qui pour la Migraine
Font de l'Onguent miton mitaine;
Enfin un tas de ces Faquins
Qu'on appelle Amuse-coquins
Se trouvojent dedans cette route:
Pour lors j'entrois en quelque doute
Que nous fussions en bon chemin,
Puisque le Grand Saint Augustin,
Parlant du chemin de la Gloire,
Nous monstre qu'il ne faut pas croire
Que qui prend le monde pour but
Soit dans le chemin de salut.
J'eus pourtant beaucoup d'esperance
D'estre dans un lieu d'asseurance,
Lors que je vis qu'en ces sentiers
On ne trouvoit point de Greffiers,

De Procureurs, ny de Notaires,
De Sergens, ny de Commissaires,
Sçachant bien que ce chemin-là
Ne pouvoit estre sans cela.
Comme cette foible apparence
M'eut flatté de quelque esperance
D'estre dans la route de Paix,
J'entendis quelque temps aprés
Plusieurs voix extraordinaires
Criant, place aux Apoticaires,
Ah! bons dieux, dis-je, qu'est-cecy!
Des Apotiquaires icy?
Sans doute nous allons aux Diables:
Mes soupçons furent veritables,
Car, sans beaucoup de compliments,
Nous nous trouvasmes tous dedans
Par une porte de derriere
Faite comme une souriſſiere,
D'où l'on sortoit malaisement.
Je fus estonné grandement,
De voir que dans nostre voyage
Personne n'avoit eu l'ombrage
Que nous allions chez Lucifer;
Et toutesfois voyant l'Enfer,
Nous eusmes beaucoup d'espouvente,
Car c'estoit contre nostre attente
Que nous nous trouvions en ces lieux;
Est-il possible, dis-je, ô Dieux!
Que nous habitions à cette heure
Une si funeste demeure.

Et quoy que saisi de frayeur,
Je regrettois dedans mon cœur
Les longues, & tristes absences
De mes plus cheres cognoissances,
Et poussant de tristes soûpirs
Je dis, Adieu tous mes plaisirs.
Dans cette tristesse profonde,
Me retournant devers le monde,
Je vis par où j'estois venu
Ceux qu'autresfois j'avois connu
Accompagnez de plusieurs autres,
Qui venoient pour se ioindre aux nostres.
Parmy ma grande affliction,
J'eus quelque consolation
De voir si bonne compagnie
Venir en mesme Hostellerie,
Croyant que tant d'honnestes gens
Me consoleroient là dedans.
Je passay donc dans ces lieux sombres,
Avec des Taileurs en grands nombres
Qui se retirojent des Demons
De crainte des coups de battons.
Estant à la premiere porte,
Je vis arriver une escorte
De Diables des plus genereux,
Armez de fourches, & de pieux,
Pour recevoir les gens d'Elite
Qui leur venoient rendre visite.
Le chef d'entr'eux à mon abord
Grinça les dents comme un chat mort,

Et me dit d'une voix hautaine,
Que cherchez vous mon Capitaine
Parmy ces tenebreux manoirs?
Je vien vous rendre mes devoirs
Luy dis-je, estant tout hors d'haleine,
Vrayement vous prenez trop de peine
Dit-il, soyez le bien venu,
Cependant Monsieur l'Incognu
Dites moy, poursuivit ce Diable,
Quel est le troupeau venerable
Que je voy parmy des voleurs;
Ce sont, luy dis-je, des Tailleurs,
Tous Gens d'une fort riche taille
Peste, dit-il, soit la Canaille,
Il semble à voir à tous ces gueux
Que l'Enfer ne soit que pour eux:
Ils y viennent comme à la foire,
Parce que nous les faisons boire,
J'en ay desia tant fait entrer,
Qu'on ne sçait plus où les fourrer;
C'est pourquoy pour vous faire place
Je vais commander qu'on les chasse.
A ces mots, les pauvres Tailleurs
L'esprit agité de frayeurs,
D'avoir entendu ces menaces
Firent d'effroyables Grimaces,
Et priant le Diable à genoux
Dirent, ayez pitié de nous.
Celuy qui causoit ces allarmes
Eut compassion de leurs larmes,

Et leur promit à haute voix
Qu'ils entreroient pour cette fois.
Comme on leur accordoit leur grace,
Un Demon de la grande Classe
D'un marteau leur cassant le cou,
Les fit trébucher dans un trou,
Qui souvant servoit de Latrine
Aux officiers de Proserpine.
Ce Diable estoit un Diable affreux,
Bossu, de travers, & boiteux,
De qui la mine espouventable,
A tous les damnez redoutable,
Lancoit des regards furieux
Capables de blesser les yeux
Du plus invincible courage;
Je m'approchay du personage
Et luy demanday, quel estoit
Cét accident qui le rendoit
Incommodé de sa personne;
Monsieur, dit-il, je m'en estonne,
Dans le temps que je vins icy,
J'estois fort bien-fait, Dieu mercy,
Et d'une taille sans seconde;
Mais lors que j'ay couru le monde
Pour traisner icy les Tailleurs,
J'ay ressenty mille douleurs,
A cause des charges pesantes
De ces canailles insolentes
Que j'ay porté dessus mon dos,
Au grand destriment de mes os;

Cela fit, que ma riche taille
Ne parut aprés rien qui vaille:
Comme il achevoit de parler,
On vint encore l'accabler
De troupes presques innombrables
De tailleurs, & de leurs semblables,
Dont le monde se deschargeant
Faisoit un grand vomissement.
A l'abord de tant de soudrilles,
Je fus contraint de faire gilles,
Et de laisser là ce Lutin
Qui remplissoit son Magazin.
Sortant de là, par adventure
J'entray soubs une cave obscure,
Quand on m'appella par mon nom;
Je devins froid comme un glaçon
D'oüyr cette voix surprenante:
Je me tournay plein d'espouvante,
Et j'apperceus en cét instant
Un homme assez malaizement,
Pour l'immensité de la flamme
Qui rotissoit cette pauvre ame,
Monsieur un tel, dit-il, tout bas,
Ne me recognoissez-vous pas?
Je suis ce mal-heureux Libraire
Chez lequel Monsieur vostre Pere
Acheptoit tous ses Almanachs;
Est-il possible dis-je? helas!
Ouy dit-il, qui l'auroit pû croire,
Qu'un cœur qui ne fit jamais gloire

Que

Que de vivre honorablement
Fut traitté si cruellement ?
Il croyoit que sa destinée.
Me deut rendre l'ame estonnée ;
Mais le voyant dedans ce lieu,
J'admiray la grandeur de Dieu
Qui par des rigueurs legitimes
Punit les meschans de leurs crimes ;
Car cét homme estoit un vaut rien
Fatal à tous les gens de bien,
Et de qui l'infame boutique
Estoit un Bordel magnifique
De livres les plus scandaleux
Qu'on pouvoit trouver sous les Cieux ;
Je feignis pourtant pour luy plaire
D'avoir pitié de sa misere,
Et ce Libraire infortuné
Me voyant faire l'estonné
Cria, d'une voix esgarée,
La peste soit de la danrée,
Et du fils de putain d'Autheur
Qui m'a choisi pour Imprimeur ;
Voyez Monsieur l'estat estrange
Où le peché d'autruy me range :
Encor si j'avois mal vescu,
Si j'avois fait quelqu'un cocu,
Si j'avois bû comme un yvrogne,
Si j'avois appellé carogne
Ma femme qui ne l'estoit pas,
Et si j'avois dans mes repas

Fait

Fait une excessive despence;
J'en voudrois faire penitence;
Mais helas le bon Dieu sçait bien
Que je ne commis jamais rien
Qui me put apporter dommage;
Il alloit parler davantage,
Lors que quelques petits Demons
Pour mettre fin à ses Sermons,
Et pour faire augmenter sa peine
Luy vinrent suffoquer l'haleine
De vingt ou trente camouflets,
Qu'ils avoient faits de ses feüillets:
L'abondance inaccoustumée
D'une si puante fumée
M'ayant fait gaigner le taillis;
Un incroyable Chamaillis,
Me fit avancer dans un Antre,
Ou l'on fustigeoit dos & ventre
Un nombre infiny de Cochers
Attachez contre des rochers,
Au milieu des fers, & des flammes,
Pourquoy, dis-je, ces pauvres ames
Souffrent-elles tant de rigueurs?
Lors un Cocher, fondant en pleurs,
Me dit, la gueule à demy morte;
On nous mal-traitte de la sorte
Pour avoir fait une Chanson
Sur le chant *ton relon ton ton*,
Ou bien recité quelque fable.
Impudent, repartit un Diable,

Si

Si vous n'aviez jamais cachez
Une infinité de pechez,
D'adulteres, d'yvrogneries,
Par vos frequentes menteries,
Et par vos discours effrontez,
Vous seriez un peu mieux traittez:
Mais c'est vostre mestier infame
Qui vous perd & le corps & l'ame.
Lors un Cocher, qui dans son temps
Avoit servy deux Presidents
Dit le visage tout en flame,
Ozez-vous appeller infame
Ce qui nous fait plus respecter
Que les Carreaux de Jupiter;
Je puis dire, sans periphrase,
Que vous estes un franc Viedaze,
Puisque vous cognoissez si mal
Le prix d'un mestier sans esgal,
Informez-vous, esprit immonde,
Comme l'on considere au monde
Tous ceux qui font profession
D'aimer nostre vacation;
On craint jusqu'à nostre colere,
On n'espargne rien pour nous plaire,
Et nos vestements, sont tousiours,
Tellement parez de velours,
Qu'un jour un juge de village
Me prit pour un grand personnage,
M'ayant un peu consideré
Avec mon manteau bil-barré;

Et

Et certes si l'on nous fait braves
Ce n'est pas pour planter des raves
Des Carottes ou des oygnons,
Ny pour chercher des Champignons;
Mais l'on nous traitte en gens de marques,
Parce que le sort des Monarques,
Et des plus riches des humains
Est tous les jours entre nos mains:
Aussi les Grands, pour nos services
Nous rendent mille bons offices,
Et nous font presque autant d'honneurs
Qu'à leurs bons Peres Confesseurs;
Je soustiens moy-mesme en personne
Que ma comparaison est bonne,
Puisque nous sçavons leurs pechez
Les plus gros, & les plus cachez:
Par exemple tous leurs blasphemes,
Plustost que les Confesseurs mesmes.
Morbleu je crois que ce Cocher
Dit un Demon, nous veut-prescher,
Et que si nous le laissons faire
On ne pourra le faire taire,
Tant il ayme à jaser icy.
Pourquoy se taira-til aussi?
Dit le Cocher d'une grand-Dame,
Lors que vous nous tourmentez l'ame
De cent supplices inhumains,
Au lieu de nous baiser les mains:
Qu'avons-nous commis, qui vous porte
A nous mal traitter de la sorte?

Ne

Ne nous aviez vous pas promis
De nous recevoir en amis?
Nous qui vous amenons sans cesse
Des Damoiseaux de toute espece,
Poudrez, frisés, galands, poupins,
Et braves comme des Lapins,
Avec leurs Dames bien aymées,
Belles, propres, & parfumées,
Luisantes comme des Soleils,
Et dont les charmes sans pareils
Captivent les Rois, & les Princes.
Au lieu qu'il vous vient des Provinces,
Tant des Gentil-hommes galeux,
Tant de ces petits Bourgeois gueux,
Tant de Damoiselles crottées,
Tant de grand-meres édentées,
Et tant de meschans villageois
Que vous traittez comme des Rois:
Et nous pour tant de bons offices,
Pour tous nos fidelles services,
Bien loing de nous combler de biens,
Vous nous harrez comme des chiens:
Vrayment un traitement si rude
Montre bien vostre ingratitude.

De soustenir pour mon regard
Que je doive avoir quelque part
Aux tourments dont on nous caresse,
Pour avoir conduit ma Maistresse
Dans quelque lieu de sainctété
Pour exercer la charité,

C'eſt une impoſture notoire
Que vous ne devriez pas croire,
Car je puis par de bons teſmoins
Vous prouver que mes plus grands ſoins
Furent de conduire les Dames
Parmy les libertins infames,
Où l'on taſchoit à coups de dards
De faire des Maris Cornards,
Ou quelque ſemblable negoce ;
Enfin l'on ſçait que mon Caroſſe
Fut un lieu de commodité
Ennemy de la chaſteté,
Où l'on recherchoit ſans rien dire
L'accroiſſement de voſtre Empire :
Las ! Aprés des ſeruices tels,
Faut que vous ſoyez bien cruels
De nous roüer pour recompence ;
Pour moy j'enrage quand j'y penſe,
Et ſi j'avois quelque pouvoir
Ventre, je vous ferois ſçavoir
Que nous ne ſommes point des laſches
He quoy cher amy tu te faſches ?
Repartit un Diable pour lors,
En luy deſchargeant ſur le corps
Une greſle de baſtonnades,
Avec quinze ou ſeize gourmades
Dont il luy rompit le muſeau :
Ha traitre ! ha faquin de bourreau !
Cria ce Cocher ſans machoire ;
Au lieu de nous donner à boire

Tu

Tu nous mal-traittes donc ainsi ?
Je me retiray tout transi
Loin de cét objet pitoyable,
Pour m'accoster d'un jeune Diable
Qui me vint prendre par la main,
Et me fit descendre soudain
Dans le fond d'une voute obscure;
Tellement pleine de froidure,
Que l'air qu'on respiroit dedans
Me fit trembler à claque dents
Jusqu'à me faire perdre haleine :
Comme j'estois assez en peine
De ce qui rendoit ces lieux froids :
Un Demon des plus mal adroits
Chargé d'un manteau de fourures,
Les pieds crevassez d'engelures,
Avec les mules aux talons,
Me dit, Monsieur, sont les bouffons,
Dont les ridicules fadaises
Sont ordinairement si niaises,
Que nous craignons que leur froideur
Ne puisse temperer l'ardeur
Des flames qui sont destinées
Pour punir les Ames damnées;
Nous les tenons donc icy bas
Avecque de bons cadenats,
Car leurs sottises coustumieres
Nous pourroient tailler des croupieres,
Y a-t-il moyen de les voir ?
Luy dis-je, ouy, j'ay le pouvoir

Dit

Dit ce Diable, de vous conduire
Dans tous les lieux de nostre Empire;
Et devant vous laisser sortir
Je pretends vous bien divertir;
Aussi-tost je le remercie
D'une si grande courtoisie;
Monsieur, dit-il, sans compliment
Entrez dans leur appartement:
A l'instant il ouvre une porte,
D'où sortit une odeur si forte,
Qu'au goust de cette exalaison
Je pensay cheoir en pâmaison.
J'entray donc dans des caves creuses
Froides, horribles, tenebreuses,
Pour considerer les freslons,
D'un nombre infiny de bouffons,
Qui malgré leurs chaisnes pesantes,
Malgré leurs peines tres-cuisantes
Faisoient encor les baladins.
Dieux! que voyla de grands badins,
Dis-je alors; quoy donc les tortures
Ne font point changer leurs natures?
Les hommes aprés leur decez
Mutant cœlum, sed non mores,
Respondit un Diable à mon dire:
Je ne me pûs tenir de rire
Lors que j'entendis ce Lutin
Cracher ce passage Latin,
Et me sembloit, chose incroyable,
D'ouyr moralizer un Diable.

Faisant

Faisant telles reflections
J'asperceus parmy les bouffons
Le plus ridicule spectacle
Qu'on pût voir en cét habitacle :
C'estoit un homme descharné,
Comme un farseur enfariné,
Assis la teste un peu baissée
Dessus une chaire persée,
Faisant cent tours de Harlequins·
Tant de ses pieds, que de ses mains ;
Tantost ce digne personnage
Faisoit voir dedans son visage
Les traits d'un homme genereux,
Tantost d'un niais, tantost d'un Gueux ;
Tantost avec une grimace
Il se defiguroit la face,
Et souvent rendoit son museau
Plus laid que le groin d'un pourceau,
Avec cette plaisante mine,
Il portoit dessus son eschine,
Un ridicule mantelet,
Rouge, Verd, Noir, & Violet,
Bordé d'une frange d'estoupe ;
Si j'avois une rime en oupe
Je m'en servirois bien icy,
Car des mots qui riment ainsi
L'on en a pas à la douzaine,
Mais je ne m'en mets guere en peine.
Retournons à nostre manteau,
Qui me sembloit assez nouveau,

Tant pour sa fantasque figure,
Que pour le prix de sa bordure.
Dessous ce manteau bigaré,
Il portoit un pourpoint serré,
Basty d'un bouracan fort rude,
Doublé d'estamine du Lude,
Avec des manches de Satin,
Plus un Pantalon de Quintin,
Paré de petites sonnettes
Aux environs de ses pochettes :
Enfin jamais les Tabarins,
Les Gratelards, les Trivelins,
Et les farseurs les plus grotesques
N'eurent de formes si burlesques :
Il sembloit pourtant, à le voir,
Qu'il estoit homme de pouvoir,
Car malgré sa mine bouffonne,
On voyoit pres de sa personne
Un grand nombre de Courtisans,
Fort bien faits, & tres-complaisans,
Vêtus d'un beau drap d'Angleterre,
Qui plyoient le genoüil en terre
Devant ce marmouzet hydeux,
Qui se mocquoit encore d'eux
Avec leurs sottes complaisances,
Et leurs profondes reverences.
Je fus long-temps à ruminer,
Sans jamais pouvoir deviner
Quel estoit ce Pendart insigne :
Pour lors un Diable me fit signe,

Et me dit, d'un ton assez haut,
Recognoissez-vous ce maraut;
Non dis-je. C'est ce que j'admire
Repart-il, de voir qu'Elomire,
Des farseurs le plus ingenu,
Vous puisse estre encore inconnu.
Quoy dis-je ce Poëte supréme....
Ouy, dit ce Diable, c'est luy mesme,
Et ceux qu'on voit au tour de luy
Sont les Turlupins d'aujourd'huy,
Que ce Comedien folastre,
A loüé dessus son Theatre:
Et quoy que ce fou leur amy,
Les faquine en diable & demy,
Ces Marquis de haut appanage,
Luy viennent encor rendre hommage.
Me voila dis-je bien surpris
Je n'avois point encore apris
La mort de cét Autheur notable,
Tout beau, me respondit ce Diable,
Car quoy qu'il soit icy passé,
Le drosle n'est pas trepassé,
Mais nous luy permettons l'entrée
De cette funeste contrée,
Affin qu'il ait la faculté
D'exceller en meschanceté:
Et cette grace non commune
A cause sa bonne fortune:
Car depuis qu'il a fait serment
De choisir son appartement

Au

Au milieu de ce vaste Empire,
De nos Concitoyens le pire
De dans la malice invaincu
A soin de luy souffler au cû
Toutes ses meilleures pensées,
Toutes ses pieces ramassées,
Et les gentillesses d'esprit
Qui l'ont mis si fort en credit:
Aussi cét excéllent Genie
Sçait bien que nostre compagnie
Vaut mieux quė Messire Apollon,
Avec son plaisant violon,
Et que les neuf muses ensemble,
Vrayment ce n'est pas ce qu'il semble,
Entre nous autres condamnez,
On en voit de plus rafinez,
Que tous les Docteurs de Sorbonne:
Et ne faut pas qu'on s'en estonne,
Car le feu dont on nous rostit
Pour nous amasser de l'esprit,
Purifie toute substance,
Qui peut nuire à l'intelligence,
Et par ses cruelles ardeurs,
Chasse nos mauvaises humeurs.
J'aurois pû joüir d'avantage
D'un si facetieux langage;
Mais un tintamare soudain
Vint interrompre ce Lutin,
Lors que par une ample Satyre,
Il me figuroit Elomire.

Qui

Qui ne trouva dedans sa fin,
Ni Dieu, ni Loy, ni Medecin.
Car son Malade Imaginaire,
Luy faisant fermer la paupiere,
l'Envoya prendre possession,
De cette place de renom,
Qui est tombee en son partage
Comme par droit d'hereditage
Ces grands bruits estoient excitez
Par des Patissiers garottez,
Poussants des helas pitoyables,
De voir qu'un million de Diables,
Armez de gros Pilons de fer
Leur jetroient la cervelle en l'air.
Las! dit un d'eux, quelle injustice
De ne nous causer ce supplice
Que pour le peché de la chair,
Sans qu'on nous puisse reprocher
D'avoir hanté la moindre femme,
Ny commis aucun acte infame.
Vous avez menty maistre Jean,
Respect de Monsieur qui l'entend,
Dit un Diable; & vostre impudence
Aura bien-tost sa recompence:
Ozez-vous, pipeur effronté,
Poser comme une verité
Que dans le cours de vostre vie
Vous n'avez point fait d'infamie?
Vous qui n'avez jamais vendu,
Que de la graisse de pendu

Pour celle de Bœuf ou de Chevre ;
Qui pour de bons pastez de Lievre
Avez fait present de gros chats
Comme quelques mets delicats ;
Qui parmy vos patisseries
Avez meslé deux cent roupies,
Avec la crasse de vos doigts :
Outre tous ces braves exploits
Combien d'estomacs je vous prie
Avez-vous tournez en voirie
Par mille infames salletez ?
Aprés tant de maux ; vous pestez
Contre vostre sort deplorable ?
Souffrez, souffrez de par le Diable ;
Car quand nous vous roüons de coups
Nous souffrons beaucoup moins que vous.

Je quittay ce Diable en colere,
Afin de ne le point distraire,
Pour passer dans un autre lieu,
Où j'entendois pester un peu
Parmy de grands éclats de rire ;
Quoy, dis-je, en ce funeste Empire
Où l'on n'est jamais sans soucy,
Peut on se divertir ainsi ?
Le boüillant desir qui me presse
De voir quel sujet d'allegresse
Causoit un ris si surprenant
Me fait avancer plus avant ;
Lors j'apperceus sur une butte
Deux hommes en grande dispute,

Et

Et qui dans leurs fâcheux debats
S'accordoient comme chiens & chats.
Ils portoient tous deux une Canne,
Avec un juste au corps de Pane,
Et fueilletans dedans leurs mains
Presque un cahier de parchemins
Scellez de grands placars de cire,
Ils faisoient êstouffer de rire
Dix ou douze mille Demons.
Enfin j'appris par leurs Sermons;
Que les chefs de ce beau ramage,
Estoient deux Seigneurs de village,
Qui par des discours saugrenus
Monstroient qu'ils estoient reconnus
Pour des plus valeureux de France:
Oüy, disoit un d'eux, ma naissance,
Et la noblesse de mon sang,
Doit obtenir le premier rang
Dans cette contrée Infernale;
Quoy que cette ame desloyale,
Ce vieux pendart devalizé,
Par un mensonge supposé
Ait voulu vous faire voir comme
Je ne fus jamais Gentil-homme;
Mais c'est un insigne affronteur
Qui pretend me perdre d'honneur
Par son injuste médisance,
Qui fait l'homme de consequence,
Et se dit descendant d'un Roy,
Afin de marcher devant moy;

Luy qui ne fut qu'un pauvre Here,
Qu'un Gentillastre mercenaire,
Qui souvent enrageant de faim,
M'est venu demander du pain.
Tais-toy, luy repartit un Diable,
Quoy que tu fasses le capable
Tu monstres bien par ton jargon
Que tu fus tousiours un fripon.
Lors ce Cavalier en colere
Ne sçavoit quelle mine faire,
Car un langage si hardy
L'avoit diablement estourdy:
Pourtant, malgré cette deffence,
Il poursuivit encor sa chance,
Et dit, vrayment vous avez tort
De me des-honnorer si fort,
Et l'on sçait, sans que je le die,
Qu'en nostre Genealogie
On ne verra point de fripons,
Ny de cœurs lasches, & poltrons.
Mon Pere estoit un homme sage,
Doüé d'un genereux courage,
Qui jusqu'à quatre vingt dix ans
Eust tousiours de tres-bonnes dents.
Mon Grand-Pere, quoy qu'homme rustre,
Descendoit d'une tige Illustre,
Et porta long-temps pour le Roy,
Les armes autour de Rocroy.
Mon Oncle, qu'on appelloit Gille,
Fut occis au Siege de l'Isle

D'un

D'un furieux coup de Canon,
Qui luy vint frapper le menton,
Enfin, ſans qu'icy j'exagere,
On voit du coſté de mon Pere
Cinq Capitaines genereux,
Il eſt vray qu'ils eſtoient tres-gueux;
Mais quand on vit ſans injuſtice
La pauvreté n'eſt pas un vice.
Et moy, que la Parque en couroux
A ſi-toſt envoyé chez vous,
J'eſtois le premier Garde-Chaſſe
De ſa Majeſté. Je t'en caſſe,
Dit l'autre Eſcuyer pretendu,
On ſçait bien que tu fus pendu,
Pour avoir un jour dedans Roye
Fabriqué la fauſſe monnoye,
Et le Bourreau t'ayant bridé,
Dis, ne fus tu pas degradé,
Avecque toute ta famille;
Pourquoy donc inſolent ſoudrille,
Pretendez-vous traiter d'égal,
Avec un ſang noble & Royal,
De qui la vigueur ſans ſeconde
A fait trembler la Terre & l'Onde?
Hé comment Prince des Filoux,
Dit l'autre Seigneur en couroux,
Ozez-vous prendre un ſi beau titre?
Quoy fils de putain de beliſtre,
Laſche de cœur, eſprit brutal,
Vous ditez-vous d'un ſang Royal?

Ouy-dâ repart ſon camarade,
Et ſans nulle rodomontade,
Je veux poſer en fait, *primo*,
Que je deſcend du Roy Guilmo
Du coſté de feu mon Grand-Pere:
Et pour le regard de ma mere,
Je viens en droite ligne encor
Du grand Nabuchodonozor:
Cæſar, Alexandre, Pompée,
Auſſi vaillants que leur eſpée
Et d'autres fameux Conquerans
Sont de mes plus proches parens.
Si malgré ce que je propoſe
Vous doutez encor de la choſe,
Mon courage, & mes faits hardis
Feront foy de ce que je dis:
Mon nom qui par toute la terre
A fait plus de bruit qu'un Tonnerre,
Fera voir au plus obſtiné
De quel ſang je puis eſtre né;
Le feu de mon noble courage
Parmy la tempeſte & l'orage
S'eſt touſiours montré le plus fort;
J'ay bravé mille fois la mort,
Et mille fois dans les batailles
Où l'on ne voit que funerailles,
Que meurtres, que ſaccagements,
Que feu, que ſang, que bruſlements,
J'ay montré par de nobles marques
Que je faiſois nargue aux trois Parques;

J'ay

J'ay par la force de mon bras
Gaigné plus de deux cents Combats,
J'ay demoly plus de cent villes
Depuis le bas jusques aux tuilles,
J'ay razé deux mille Châteaux,
Sans ferrements, & sans marteaux,
J'ay dêtruit une armée entiere
Avec un coup de ma rapiere;
Et dans de differends climats
J'ay tant massacré de Soldats,
Que je puis asseurer qu'en sommes
J'ay du moins tué cent mille hommes.
Dieux! Combien de puissants Estats!
Combien d'Illustres Potentats!
Combien de fertilles Provinces,
Combien de Rois; combien de Princes
Se sont veus reduits aux abois
Par la grandeur de mes exploits!
Combien de fois dans la Holande,
Où ma renommée estoit grande,
Ay-je mis les Anglois à cû?
Combien de fois ay-je vaincu
Tant sur la terre que sur l'onde?
Combien fis-je enrager de monde
Dans ce fameux combat Naval,
Quand le redoutable Amiral
Qui combatoit pour l'Angleterre
Par mon bras fut jetté par terre?
Certe une si belle action
M'acquit en cette occasion

Une si bonne renommée,
Que le General de l'Armée
Fut presque contraint d'avoüer
Qu'on ne me pouvoit trop loüer.
Aussi je puis, sans vous déplaire,
Vous asseurer que ma colere,
N'aura jamais tant de chaleur
Tant de force, & tant de valeur
Qu'elle eust en ce combat horrible;
Rien ne me sembloit impossible,
Et mon sang fumant de courroux
Poussoit de si terribles coups,
Que toute la flotte ennemie,
Voyant mon ardente furie,
Faire de si puissants efforts,
Crut que j'avois le Diable au corps,
Enfin sans parler d'avantage
De la gloire de l'advantage,
Et de l'estat où m'a placé,
Ce grand Amiral trespassé;
l'Espagne, la Flandre, & la France,
Tesmoins de ma haute vaillance,
Pourront vous tesmoigner assez,
Lardeur de mes projets passez,
La Suede avecque la Gascogne,
La Dalmatie, la Pologne,
La Moscovie, & l'Arragon,
Tremblent au seul bruit de mon nom;
La Capadoce, l'Albanie,
La Judée, la Bithynie,

La Galilée, le Liban,
Cypre, Rhodes, Pegu, Sian,
Avec la Mesopotamie,
Ont veu l'excés de ma furie:
Mesmes jusques en Calicut,
Où l on adore Belzebut
Comme Autheur de tout ce grand monde,
Ma dexterité sans seconde
Avec des Rocs, & des Cailloux
A tout mis sans dessus dessous.
Certes tant de sujets de gloire
M'ont mis bien avant dans l'Histoire,
Mais mon bras par ces faits guerriers
Auroit acquis plus de Lauriers
Et brisé plus d'Illustres testes,
Si mon cœur parmy ses Conquestes
Et ses projets victorieux
Eût pû n'estre pas amoureux.
Mais l'amour avec tant d'addresse
Luy communiqua sa tendresse
Qu'il ne pût dans l'occasion,
Soustenir la tentation,
Et Cypris eût de telles forces
Que la douceur de ses amorces
Sollicita tous mes desirs
D'aspirer à ces doux plaisirs.
Ainsi pour éteindre la flâme
Qui s'augmentoit dedans mon ame
Je ne formay point d'autres vœux
Que pour satisfaire mes feux:

Et depuis cette ardeur subtile
Qui m'eschauffoit si fort la bile,
Je ne pris jamais par efforts
Ny Villes, ny Faux-bourgs, ny forts,
Que le plus excellent visage
Ne me fust donné pour partage,
Aussi je puis sans me vanter
Vous apprendre & vous protester
Que j'ay glané dans mes voyages
Quatre-vingt dix neuf pucellages.
Aprés ce propos insensé
Ce Gentil-homme courroucé,
Se tournant vers son adversaire,
Luy dit d'un visage severe,
Si tant de belles qualitez
Et tant de combats remportez
Ne vous font pas assez paroistre
De quel sang j'ay l'honneur de naistre,
Sans vous faire un plus long discours
De mes projets, de mes amours,
Et de ma noble hardiesse,
Je puis vous prouver ma noblesse
En ayant les tiltres en main
Escrits sur ce grand parchemin
Par le Notaire d'un village;
De plus voicy dans cette page
Un narré de mes actions
Avec des attestations
Des nobles faits de ma personne,
Jugez donc si ma cause est bonne.

Et si

Car un nombre de Diablotins
Servent à gage ces Coquins,
Et ce Demons de consequence
Qui vous mit dans cette coyance
Est celuy qui à contracté
Avec toute leur faculté.
Je passe outre & par avanture
Me trouvay dans une mazure.
Où je vis au plancher d'Enfer
Grand nombre de cages de fer,
Avec des chaines suspenduës,
Pleines de femmes toutes nuës,
Au milieu des brasiers ardents
Qui les accompagnoient dedans:
Ces grandes Cages embrasées
Estoient sans cesse balancées
Tant à droite, qu'à reculons,
Par cent cinquante six Demons.
Surpris d'un supplice semblable,
Je m'enquis du plus prochain Diable
Quel estoit ce nouveau tourment,
Qu'on faisoit souffrir en branslant,
Sont, dit-il, les filles publiques,
Qui par leurs infames pratiques
Font perdre tous les jeunes gens;
Et comme on sçait que dans leurs temps
Ces Donzelles écervelées
Aymerent fort d'estre branslées,
Pour les satisfaire en cecy
Nous les branslons tousjours ainsi,

Car

Car c'est le fait des belles ames
De tascher à complaire aux Dames.
J'aurois long temps entretenu
L'esprit de ce Diable ingenu :
Mais un Demon gros comme un caque
Me vint tirer par la casaque,
Et me conduisit dans un coin,
Où j'entendois un baragoin
Causé par les cris lamentables
De plusieurs Vieillards venerables ;
Qui pour laisser à leurs enfans
Des thresors, & des biens trop grands,
S'estoient perdu le corps & l'ame.
Helas ! crioit un d'eux, je pasme
Quand je repasse en mes esprits
Les maux qu'autresfois je souffris,
Pour entretenir ma famille.
J'estois habillé comme un drille,
Je vivois comme un penitent,
Dans le fond d'un vieux logement
Demy fondu, sans couverture,
N'estant qu'une pauvre mazure,
Où je laissois deux mille trous
De peur de despencer trois sous.
Enfin dans le cours de ma vie
Je ne conçeus point d'autre envie,
Que de voir dedans ma maison
Rouler des Ducats à foison.
Et pour la fin de la balade,
Je suis mort sans estre malade.

Affin

Affin qu'il ne me coutast rien
En salaires d'un Chirurgien,
Ou d'un pipeur d'Apoticaire,
Qui pour un mal-heureux clistaire
Qu'il vous aura mis dans le cû,
Se fera payer d'un escu.
Las! aprés tant d'inquietudes,
Mes enfans pleins d'ingratitudes
M'ont veû joyeusement mourir,
Sans me regretter d'un soupir.
Il n'est pas temps icy de geindre
Dit un Diable, à quoy bon se plaindre
Lors qu'on est icy descendu?
Croyez-moy, c'est du temps perdu.
Vous deviez sçavoir le proverbe
Qu'on lit si souvent dans Mal-herbe,
Que les enfans sont fortunez
De qui les Peres sont damnez:
Si ce mysterieux passage
Eût penetré vostre courage,
Vous n'eussiez pas esté si fous.
Que de vous damner pour cinq sous.
Je quittay ce lieu de tristesse,
Où l'on punissoit la vieillesse,
Pour visiter les logements
De quelques mal-heureux Amants,
Qui, par une plainte importune
Gemissoient contre la fortune,
Et contre la rigueur du sort
Qui leur avoit donné la mort.

Destins

Destins, disoient-ils, quel caprice
A fait tourner vostre injustice
Contre nos projets Amoureux ?
Pourquoy nous rendre mal-heureux,
En nous esloignant des caresses
De nos adorables Maistresses,
Qui par des soupirs enflammez
Montroient que nous estions aimez.
Consolez-vous, leur dit un Diable,
Vostre sort n'est pas desplorable
Puisque vous estes avec nous,
Vous y serez mieux que chez vous,
Et l'on vous fera voir des Dames
Qui pourront allumer vos ames,
Et vous eschauffer les esprits
Plustost qu'Amarante, & Cloris,
Tisiphone, Alecton, Megere,
Avec leurs flambeaux de lumiere,
Et leurs yeux ardents de fureurs
Ont desia bien bruslé des cœurs,
Et pourront aussi vous surprendre.
La peste allez vous faire pendre,
Dit un Amoureux en courroux,
Et ne vous raillez pas de nous;
Ma douleur est assez pressente
Sans que vostre discours l'augmente :
Oüy traistre, mon ame aux abois
Souffre assez de maux à la fois
Perdant sa chere Celimene,
Sans que la rigueur inhumaine

De

De voſtre Megere en couroux,
La vienne accabler de ſes coups.
Ainſi plein d'ardeur & de flame
Cét Amant du fond de ſon Ame
Tiroit cent propos ſuperflus :
Puis voyant qu'il ne pouvoit plus
Dompter ſon amour mal eſteinte,
Il forma cette triſte plainte,

COMPLAINTE D'UN AMANT DANS LES ENFERS.

Doux objet des yeux, & des cœurs,
Incomparable Celimene,
Le ſort m'accable de douleurs,
Quand tu veux ſoulager ma peine.

Les Dieux jaloux de mes amours
Et de tes charmantes careſſes
Ont tranché le fil de mes jours,
Pour me ſouſtraire à tes tendreſſes.

Quel excez de fureur, helas !
Les porte à telles barbaries,
Que de m'arracher de tes bras,
Pour m'abandonner aux furies.

Ouy

Ouy cruels Dieux, à quel propos
Exercer tant de tyrannies,
Pour venir troubler le repos
De Deux ames si bien unies.

Nos feux, nos baisers, nos desirs,
Et les caresses amoureuses
Que forment nos bruslans soûpirs,
Vous sont-elles injurieuses ?

Non non ces plaisirs innocens
N'ont pas le pouvoir de vous nuire,
Ils sont faits pour charmer nos sens,
Et vous pretendez les destruire.

Mon cœur estoit prés de gouster
Tout ce que l'amour à de tendre,
Mais las ! sur le poinct de monter
On m'a bien viste fait descendre.

Mon bon-heur fust évanoüy,
Mes projets reduits en fumée,
Et moy par un coup inoüy
Separé de ma bien-aimée.

Celimene escoute ma voix,
Et les transports de ma pensée,
Vois combien de maux à la fois
Accablent mon ame insensée.

Tes yeux mes uniques vainqueurs
Qu'adoroit autres fois mon ame,
Causent mes cruelles ardeurs
Plustost que le fer & la flamme.

Les

Les Tygres, les Serpens, les Ours,
Me ſerojent des objets aymables,
Si j'avois pû couler mes jours
Prés de tes beautez adorables.

Mais depuis ce temps bien-heureux
Où mes ardeurs fondojent ta glace
Par mille ſoûpirs amoureux
Mon ſort a bien changé de face.

Au lieu de tes charmants regards
Qui formojent mes plus chers delices,
J'envisage de toutes parts
Des horreurs, & des precipices.

Rien ne ſoulage mes ennuis,
Ny l'affreuſe melancolie
Où mon ame eſt enſevelie
Parmy ces eternelles nuits.

Un Demon plein d'impatiences
De voir ceſſer les doleances,
Et le diſcours impertinent
De cét inconſolable Amant,
Luy cria, d'un ton de colere,
Vous ne voulez donc pas vous taire?
Dites moy l'Amoureux tranſi,
Vous plaindrez-vous toûjours ainſi?
N'ay-je pas ſujet de me plaindre?
Repart-il, de me voir contraindre
Par tous les deſtins en couroux,
D'eſtre avec des gens comme vous;

Et

Et de souffrir mille blesseures,
Mille coups dessus mes fresseures
Pour avoir aymé mon prochain.
He quoy, luy répond ce Lutin ;
Vous vous plaignez de ce supplice
Infame partisan du vice,
Lasche, & perfide suborneur
De toutes les filles d'honneur,
Qui par vos pratiques infames
Destruisez le genre des femmes ;
Car vous sçavez que le Latin
Les fait du genre feminin ;
Le Francois en a fait de mesme
Mais par vostre impudence extréme,
Et par vostre amour importun,
Vous les avez faits du commun.
Pourquoy me charger de ces crimes ?
Puisque mes flâmes legitimes
N'ont jamais conçeu de desirs,
Que pour augmenter leurs plaisirs
Repart cét Amant d'importance.
Vous voulez couvrir vostre offence
Répondit un Diable à l'instant,
Mais nous n'ignorons-pas, comment
Vous vous comportiez dans le monde ;
On sçait que vostre corps immonde
C'est toûjours veautré nuict, & jours
Dans le bourbier de ses amours,
Jamais vos esprits impudiques
N'ont eu que des pensers lubriques,

Jamais

Jamais l'on n'a veu vos museaux
Que dans le commun des bordeaux,
Où souvent Venus vous resigne
Par une influence maligne,
A toutes generations,
Des effets de corruptions,
Dont la malice sans remede
Vous fait faire un voyage en Suede,
Et de Suede avançant un pas
On se vient loger icy bas
Comme vous avez bien sçeu faire ;
M'entendez-vous bien cher compere ?
Cela dit, ce Demon finet
Le plonge en un estang tout net,
Dont l'eau limonneuse, & glacée
Pouvoit chasser de sa pensée
Le feu de ses folles amours,
Qui le tourmentoit nuict & jours,
Aussi bien que ses camarades.
 Ayant bien ry de ces menades,
Je quittay ces Amans transis
Pour voir un grand corps de logis,
Fait comme un Chasteau de Bissestre,
Sans plancher, vistres, ny fenestre,
Enrichy de deux cent prisons
Comme des petites maisons
Où le Diable ne voyoit goute ;
On loge icy les foux sans doute,
Dis-je alors, & ces maisons-là
Sont tres-commodes pour cela.

Ils ne ſont pas ce que vous dites,
Dit un Demon ; car leurs merites
Les exempte du nom de foux,
Mais pour en parler entre nous,
Ils ne ſont point d'une autre eſtoffe ;
Châcun d'eux ſe dit Philoſophe ;
Et debite à baſtons rompus
Grand nombre d'arguments cornus,
De Rebus, de queſtions folles,
Qui nous font hauſſer les eſpaules ;
Hé morbleu ne peut-on pas voir
Tous ces grands hommes de ſçavoir ?
Diſ-je alors Ouy dâ toute à l'heure
Dit un Diable, ouvrant leur demeure
Avec un grand paſſe par tout,
Et me montrant de bout en bout
Ces venerables perſonnages.
Le premier d'entre ces foux ſages
Portoit un pannier effondré
En guiſe de bonnet carré
Sur le ſommet de ſa caboche :
Voyant cét homme je m'approche
Et demande à mon conducteur,
Quel eſt donc ce plaiſant Docteur ?
C'eſt, dit-il, le grand Pitagore,
Qui ne parut qu'une pecore,
Lors qu'il fit ſa concluſion
Deſſus la tranſmigration,
Autrement dit, Metempſicoſe ;
Je vais vous expliquer la choſe ;

Ce

Ce fou disoit, *In Græcia*,
Qu'un Asne, *Exempli gratia*,
Pouvoit recevoir dans sa pance
L'ame d'un homme de naissance,
Les uns suivirent son party:
D'autres dirent il a menty;
Enfin c'estoit-la la pensée
De cette cervelle blessée.
Oûtre ce sentiment bouru
Qui me semble assez incongru,
Il mit encore dans sa teste
Que de manger aucune beste
Estoit un crime capital.
Mais dis-je, il ne faisoit pas mal,
Puis qu'il enseignoit que nos ames
Alloient dedans ces corps infames,
Car si par quelques accidents
Ses parens eussent esté dedans
Il eust pû, faisant bonne chere,
Manger les membres de son frere.
Ho, ho, vostre raisonnement,
Dit ce Diable assez promptement,
Sent un peu la Philosophie
Et je crois que cette folie
Vous tient bien avant dans le cœur;
Tandis que ce Lutin moqueur
Me complimentoit de la sorte,
J'apperçeus parmy la cohorte
De ces sçavans du temps passé
Un vieux Philosophe casse

Qui gardant un profond ſilence
Verſoit des pleurs en abondance.
Qui contraint, diſ-je, ce pleureux
De gemir ſi fort en ſes lieux?
C'eſt, me dit un Diable, Heraclite
Que le monde rendoit ſi triſte,
Que ce miſerable cerveau
En pleuroit toûjours comme un Veau,
Si bien qu'il neût jamais envie
De rire un moment dans ſa vie?
Voyez quelle ſimplicité,
D'amaigrir ſon humanité
D'une triſteſſe ſans ſeconde
Pour les fous qui ſont dans le monde.
Celuy que vous voyez plus loin
Couché tout plat dedans un coin
Sans haut de chauſſes, ſans chemiſe,
Orné d'une grand-barbe griſe,
Eſt Democrite, un gros gaillard
Bien different de ce piaulard,
Quelque choſe qu'on luy pût dire
Il ſe paſmoit preſque de rire,
Et quand meſme on l'auroit pendu
Il auroit rit comme un perdu,
Car rien ne le mettoit en peine.
Cét autre veſtu de futaine,
Et chauſſé de ſabots briſez,
Qui repoſe les bras croiſez
Deſſus cette chaiſe de brique,
Eſt Diogene le Cynique

Que

Que ceux d'Athenes, & d'Argos
Nommerent ἡ μερ' ϐιος. *
Ce vieux fou pour tout heritage
Avoit une escuelle à potage,
Scyphus, palliolum simplex,
Baculus, arcta supellex.
Et vivoit l'ame tres-contente
Dedans une maison roulante,
Id est dans un pauvre tonneau,
Mengeant du pain, beuvant de l'eau,
Et couvert d'un habit de toille
Il dormoit à la belle estoille,
Sans craindre les fâcheux Hyvers,
Les foudres, les vents, les esclairs,
Ou quelque semblable dommage.
En suite de ce personnage,
On voit Aristote, Platon,
Syrus, & l'illustre Caton,
Ciceron, Seneque, Sophocles,
Avec le pendart d'Empedocles,
Lequel fut si presomptueux,
Que pour estre au nombre des Dieux
Une nuict cette ame damnée
Fut ramoner la cheminée
Du mont Gibel; & ce grand fol
Se rompit joliment le col,
Puis courut en poste à mesme heure
Jusque en cette triste demeure,
Où nos Officiers, promptement
Pour le loger commodément

* In diem vivens.

Luy donnerent chambre garnie ;
Mais ma foy pour de l'Ambrosie,
Ou du Nectar delicieux
Qu'il croyoit boire chez les Dieux,
Il n'en eût pas grande abondance
Pour pouvoir en emplir sa pance.
Aprés que ce Diable eloquent
Eût fait un long dénombrement
De tant de radotteux ensemble,
Me dit, Monsieur que vous en semble ?
Sont-ce là des impertinents ;
Oüy dis-je, & des plus importants ;
Et ce seroit leur faire injure,
Si quelque sot par aventure
Les estimoit des esprits sains ;
Car ces fantasques Escrivains
Qu'au monde l'on estime encore,
Auroient bien besoin d'Ellebore.
Estant sur ce raisonnement,
J'entendis un ton surprenant
Comme d'une voix qui s'esgare,
Qui cryoit bien fort gare, gare,
Laissez passer ces drosses-cy,
Nous n'en avons que faire icy ;
Soudain je fis un pas derriere
Et vis qu'à grands coups d'etriviere,
Et de longues verges de fer,
On faisoit sortir de l'Enfer
Dix ou douze cents vieux comperes
Accompagnez de vieilles meres,

Dont les yeux n'estoient que deux trous
Semblables à ceux des hiboux.
Quelles sont ces plaisantes mines
Dis-je alors? Ce sont des Coquines,
Repart un Diable, & des Coquins
Fort respectez chez les humains:
Car ils sont gens d'esprit & d'âge
Experts dans le Maquerellage,
De qui les discours seducteurs
Sont nos fidelles serviteurs.
Pourquoy les chasser de la sorte ?
Dis-je aprés, c'est qu'il nous importe,
Respond ce Lutin, que ces gueux
Ne visitent point ces bas lieux,
Car leur adresse sans seconde
Nous fait un tel profit au monde,
Qu'on les a baptizé du nom
De grands Ministres de Pluton,
Eux, dont les intrigues diverses,
Et les suasions perverses
Font tresbucher les moins pollus
In fornicationibus;
Et comme une telle pratique
Augmente nostre Republique,
Nous raisonnons fort bien ainsi
De ne les souffrir point icy,
Afin que ce noble exercice
Nous puisse encor rendre service.
Ce Diable en alloit bien conter
Si j'eusse voulu l'escouter;

Mais comme je bruslois sans cesse
De voir quelque nouvelle piece,
Je le quittay sans compliment
Affin d'avancer plus avant.
A peine fis-je trois desmarches
Que j'apperceus de grandes arches
Faites de plastre, ou de ciment,
Mais il n'importe pas comment:
Or de ses arches la plus belle
Portoit une inscription telle,

Les plus fameux Speculateurs
Des Ephemerides Celestes,
Aprés avoir seduit les cœurs
Vont icy iouer de leurs restes.

Bon, dis-je, ayant leu ce quatrain,
On loge en ce lieu sousterrain
Ceux qui voguent à pleines voiles
Beaucoup au dessus des Estoilles,
Entrant dans les lieux preparez
Pour ces jugements égarez,
Je vis grand nombre d'Astrologues,
Avec des contenances rogues
Qui faisoient des mines de chiens;
Les uns estoient Chiromanciens
Qui prenants la griffe d'un Diable
Crioient, ô qu'il estoit probable
Par ces lineaments fâcheux,
Que vous ne seriez pas heureux;

Et mesme le Mont de Saturne,
Avec son aspect taciturne
Dit que vous estiez destiné
Pour estre un insigne damné.
D'autres, vestus de longues robes,
Estoient environnez de Globes,
Et cheminant la teste en bas
Mesuroient avec un compas,
Quelque hauteur, ou quelque espace;
Puis tout d'un coup levant la face,
Un d'eux crioit tout en chaleur,
O Dieux ennemis! quel mal-heur.
Si ma mere, estant à Saleure,
M'eust enfanté plustost d'une heure,
J'estois sauvé certainement;
Car Venus par son ascendant
Faisoit voir qu'elle avoit envie
D'entrer en la maison de vie.
Un autre à qui quatre Lutins
Cicatrisoient les intestins
Avec des grandes hallebardes
Disoit, Demons prenez bien gardes
Avant me tourmenter si fort,
S'il est constant que je sois mort,
Pour moy je ne le sçaurois croire;
Et la chose est assez notoire,
Car j'ay Jupin pour ascendant,
Qui montre un visage riant
A Junon sa tres-digne femme,
Et cette incomparable Dame

Par ſon regard doux & benin
Ne me promet rien de malin;
Ce qui denote que la vie
Ne me doit point eſtre ravie;
(Comme j'ay conté par mes doigts)
Qu'aprés cent, un an, quatre mois,
Six jours, une heure, & trois minuttes.
La peſte comme tu ſupputes
Dit un Diable, hé ne vois-tu pas
Qu'on te briſe jambes & bras?
Et que c'eſt moy qui t'eſtropie:
Si tu reſtois encore en vie;
Parles-moy grandiſſime fou
Te caſſerois-je ainſi le cou?
Voy donc, puis qu'on te romps la teſte,
Si Juppin n'eſt pas une beſte,
Et ſi par ſon Aſpect humain
Il te garantit de ma main.
A coſté de cét Aſtrologue
Eſtoit un viſage de Dogue;
Qui regardant devers les cieux,
Croyoit que l'eſclat de ſes yeux
Pourroit dans ces lieux de deſaſtres
Voir la malignité des Aſtres.
Mon Maiſtre, quel eſt voſtre nom?
Diſ-je à ce curieux barbon.
Je ſuis, dit-il, un ſçavant homme,
Connû dedans la vieille Rome
Du temps de Romule & Remus;
Bref je ſuis ce Noſtradamus,

Dont

Dont la ſcience Prophetique
A predit d'un ſtile Amphatique
Les bons, & les mauvais deſtins,
Des plus grands d'entre les humains.
Hé quoy, luy diſ-je, eſt il poſſible
Qu'un galimatias horrible
Qu'on imprime ſous voſtre nom,
Soient des Vers de voſtre façon?
Comment reſpondit-il, prophane
Ozez-vous offencer l'organe
Des plus cachez ſecrets des Dieux?
Eſprit traitre, & malicieux,
Dont la langue trop indiſcrette
Oze meſpriſer l'interprette
Du cours des Aſtres, & du ſort,
Qui prévoit les coups de la mort,
Et qui lit dans la deſtinée;
Ame perfide, & mutinée
Contre tous les gens de ſçavoir,
Et qui ne ſçauriez concevoir
Une doctrine ſans matiere,
Voſtre intelligence groſſiere
A-t-elle ſi peu de clarté,
De trouver de l'obſcurité
Dedans la moindre des parties
De ces ſçavantes Propheties?

PRO-

PROPHETIES DE NOSTRADAMUS.

Venus Patrene des Amans,
Predit que dans ce siecle infame
Les Maris auront des enfans,
Sans s'estre approché de leur femme.

AUTRE.

Les Doctes dans l'Astrologie
Sont toûjours demeurez d'accords,
Que les Trespassez seront morts,
Et les vivans seront en vie.

AUTRE.

Le noble sera Charpentier,
Et sa subtilité sans bornes
S'efforcera de joindre à l'estat du mestier
L'art de planter des cornes.

AUTRE.

Les Scavants de toute maniere
Ne mettront jamais en avant,
Qu'on puisse trouver un devant
Sans trouver un derriere.

Canailles, esprits débauchez,
Mondains corrompus de pechez,
Ames dans le crime endurcies,
Trouvez-vous que ces Propheties

Sentent

Sentent quelque chose de bas?
Est-il du galimatias
Dans la bonté de ces paroles?
Allez vos cervelles sont folles,
Et vos jugements sans sçavoir
Ne meritent pas de me voir.
Disant ces mots il se retire;
Et moy sans pouvoir luy rien dire
Je m'avance un peu plus avant,
Et me trouvay soudainement
Aux environs d'un vilain gouffre,
Où certaines odeurs de souffre
Penserent m'affoiblir le cœur
Infecté de cette vapeur;
Je crûs qu'en ces maisons mal nettes
Estoient les faiseurs d'allumettes;
Mais je connus bien-tost aprés
Que ce gouffre estoit fait exprés,
Pour servir de places publiques
Aux plus impertinents Chimiques:
Car j'en vis là plusieurs troupeaux,
Chargez de soufflets, de fourneaux,
De charbon, de fiente, d'argile,
Ou de quelque autre chose vile:
Et leur baragoin sans pareil
Nommoit l'Or du nom du Soleil;
L'Argent il l'appelloit la Lune,
L'Estaing Jupiter, ou Saturne,
Le Cuivre Venus, ou Cypris,
Le Plomb Mars. *Sic de cæteris.*

Allons, disoit un Alchimiste,
Transmuez le corps de ce mixte,
Calcinez, lavez, dilatez,
Separez-en les qualitez ;
Puis vous fixerez le Mercure,
Pour rendre la matiere dure
Glutinante, & sans fermeté ;
Et de ce qui sera resté
Il faudra qu'un de vous exile
La qualité la plus subtile,
Pour la purifier un peu
Par la proximité du feu.

D'autres crioient à pleines testes,
Foin, nous ne sommes que des bestes
De calciner dans nos fourneaux
Des poudres, & des mineraux ;
Hà ventre ! compagnons Chimiques,
Servons-nous des femmes publiques
Pour nous conformer un petit
Au commun principe, qui dit,

Il faut à Jupin rendre grace
Qui fait tout pour le mieux,
D'avoir permis que nostre art glorieux
De la matiere la plus basse
Pût tirer la forme efficace
D'un corps si precieux.

Puisque la forme sans esgale
De la Pierre Philosophale
Demande un corps le plus abject,
Le plus vil & le plus infect,

Calcinons

Calcinons la matiere infame
De la plus impudique femme,
Et de son corps purifié,
Subtilizé, mollifié,
Nous tirerons la quint-essence,
Pour en generer la substance
D'une pierre de si grand prix,
Que les plus vigoureux esprits
Ont consommé leur vie entiere
A rechercher cette matiere.
Comme ils tenoient de tels discours,
Deux Demons criants comme sourds
Dirent, Messieurs les Philosophes,
Sçavez-vous bien quelles estoffes
Peuvent satisfaire le mieux
Vos esprits superstitieux ?
Sont les plus insensez Chimiques;
Et pour ces projets magnifiques
Il faut vous réchauffer un peu
Dans cette fournaise de feu,
Afin que vostre peau grillée
Soit la matiere signalée
De ce miraculeux effet.
Ainsi qu'il fut dit, il fut fait:
Et ces fantasques Alchimistes
Loin de montrer des mines tristes,
Et des signes d'un cœur outré
Brusloient quasi de leur bon gré
Dans la trompeuse, & folle attente
De voir cette Pierre importante.

Un

Un peu plus outre, dans un fond,
Je me vis prés d'un puits profond
Le plus tenebreux de l'Averne;
Et dans cette affreuse caverne
Logeoient les fameux Poetereaux,
De qui les debiles cerveaux
Composoient, parmy ces tenebres,
Des Vers, & des Stances funebres,
Sur la blancheur des Fleurs-de-Lys
Qui formoit le teint de Philis,
De Melite, ou bien de Sylvie,
Entre ces Docteurs en folie,
J'en vis plusieurs Italiens,
Tant des nouveaux, que des anciens:
Des Grecs, & Latins en grands nombres,
Montrans sur leurs visages sombres
Qu'ils estoient assez mal contants.
Parmy ces Poëtes importans
On voyoit d'un costé Virgile,
Dont la plume docte & subtile
Rendit Dame Didon Putain,
Quoy qu'il paroisse estre certain
Qu'elle fut tres-honneste femme
De l'autre estoit ce Poëte infame,
Ce lassif, cét Autheur fameux,
Patron des jeunes amoureux,
J'entend cét impudique Ovide.
Prés de luy logeoient, Euripide,
Lucain, Terence, Claudian,
Pompone, Anaxippe, Arrian,

Mene-

Menelas, Homere, Menandre,
Nestor, Nicostrate, Nicandre,
Marulle, Damasse, Egemon,
Pacuve, Stace, Anacreon,
Anaxandre, Arate, Antiphanes;
Enfin tous ces Autheurs prophanes
Si respectez chez les Romains
Souffroient là des maux inhumains.
Outres ces excellents génies
En assez bonnes compagnies,
Il me sembla d'oüir la voix
De quelques Poëtes François
Qui lamentoient leurs infortunes;
O maux! ô rigueurs non communes!
Disoit un d'eux, ô cruauté!
O sanglante inhumanité!
Quoy, sera-t-il dit que nos ames
Gemiront sous l'ardeur des flâmes?
Nos corps seront-ils consommez
Pour avoir fait des bouts-rimez?
Un autre, * que deux Docteurs mornes
Coiffez d'un panache à trois cornes,
Outrageoient de toute façon;
Crioit d'un si terrible ton,
Que jamais beste carnaciere
Ne hurla de telle maniere.
Bons Dieux! Dis-je tout estonné,
Quel est cét homme infortuné
Qui forme ce cry pitoyable?
C'est, me dit aussi-tost un Diable.

* Bonnet de Jesuïte.

Le

Le premier de ces habitans,
Prince des Poëtes de son temps,
Que Scudery rimeur habile,
Nommoit le Divin T***.
Or ce miroir des beaux esprits
Pousse ces lamentables cris,
A cause des rudes outrages
Dont ces deux Pedans pleins de rages,
Qu'on nomme *Gar ***, & Guer ****,
L'accablent du soir au matin,
En l'accusant de la Fabrique
De ce ce Parnasse Satyrique,
Qui fit autresfois tant de bruit,
Parce que l'ouvrage de nuit,
Et la conjonction prochaine
Qu'on fait avec la chair humaine
Trouve en ce traitté d'union
Une entiere approbation.
J'escoutois haranguer ce Diable,
Lors que ce Poëte miserable
Redoubla ses gemissements,
Et vomit mille jurements
Sur ces accusateurs faussaires
Qui luy paroissoient si contraires.
Je commençois d'estre bien las
D'oüir tant de facheux helas,
Et mes esprits presque en allarmes
De voir tant de sujets de larmes,
Poussoient mon cœur & mes desirs
A quitter ces lieux de soûpirs:

En deliberant de la sorte,
Je me trouvay pres d'une porte
Qu'un Diable ouvrit soudainement;
Et je vis dans le mesme instant
Au milieu d'une gallerie
Le Prince de la Diablerie
Assis dessus son tribunal,
Mandant aux Sergens à cheval
De publier une ordonnance,
Qui paroissoit de consequence:
Car l'Infernalle Nation
Y prestoit grande attention,
Et se pressoit outre mesure
Pour en entendre la lecture.
  Prés de ce grand Dieu Lucifer,
Roy de tous les tisons d'Enfer
Estoit une horrible assemblée
Qui paroissoit un peu troublée,
Montrant certaine émotion
Qui ne predisoit rien de bon.
Je m'enquis d'un garde autentique
De sa Majesté Plutonique
Quel estoit ce noble escadron
Que l'on voyoit prés de Pluton
Pressé d'une frayeur si forte.
C'est, me dit ce Diable, une escorte
De vingt ou trente milliers
De Procureurs & de Greffiers,
Dont nostre Prince se dispose
De faire une Metamorphose.

Comment des Greffiers en ces lieux
Et des Procureurs avec eux ?
Dis-je aussi tost, cette avanture
Me confond l'esprit, je vous jure;
Puis-que je suis plus que sertain,
Qu'estant tombé dans le chemin
Qui nous meine en cette demeure
Je n'en vis pas un, ou je meure.
Je le croy, repond un Lutin,
Il ne leur faut point de chemin;
Car ces Messieurs ont de coustumes
D'y voler avecque leurs plumes,
Mais d'un vol si precipité,
Qu'il surpasse l'agilité
Des Aigles & de leur plumage :
Je n'en parlay pas d'avantage,
Souhaittant avec passion
D'oüyr la publication
De cette ordonnance nouvelle
Qui, comme il me semble, êtoit telle.

EDICT

EDICT DE LUCIFER.

Lucifer par la Justice plus haute, & la volonté du Tout-puissant, esleu, & colloqué Prince, & Seigneur des troupes Infernalles; c'est à dire des Diables, Diablesses, Lutins, Furies &c. à tous presens, & avenir Salut. Le nombre effroyable des Rats, & des Souris, produict par la corruption, pourriture, & exhalations infectes de ces lieux de tenebres; molestant perpetuellement les sujets de nostre Empire Diabolique: Et la multitude innombrable des Mouches, Moucherons & Cousins, procréez par la force de la chaleur qui reside en cette Contrée de desespoir, apportans dommage notable au bien de nostre Estat: nous contraint aussi de choisir parmy nos sujets des exturbateurs, avaleurs, & exterminateurs de cette maudite engeance; & par ce moyen en liberer nos Chasteaux, Villes, Bourgs, Provinces qui en sont accablées, & molestées continuelle-ment

ment : & ayant fait examiner en nostre presence, en nostre Conseil les moyens les plus seurs pour cette execution; nous avons trouvé qu'il estoit à propos de changer, & metamorphoser quelques-uns de nos Diables ou damnez en des bestes ennemies des Rats, & des Souris; & quelques Diablesses condamnées, en des bestiolles ennemies des Mouches, Mouchcrons, & Cousins.

A ces causes, Scavoir faisons, qu'aprés avoir mis cette affaire en deliberation en nostre Conseil Diabolique, ou estoient quelques princi-paux officiers, grands, & notables personnages de nostre Justice; comme Mahomet, [illegible] *Neron Empereur Romain, Elomire Prince des Pates, Lucian, Aristote, Platon, & autres Roys, Princes, Ducs, Marquis, Barons, qui approchoient de plus prés de nostre qualité Luciferienne: De l'avis d'iceluy, & de nostre propre mouvement, pleine puissance, & authorité infernale, nous avons statué, & ordonné, statuons, & ordonnons que les Greffiers, Advocats, Procureurs, Notaires, Sergens, Solliciteurs, Clercs, & Commissaires, seront muez*

& Mo-

Sous l'imbécile rature lisez:

le Pape Alexandre 7e, Loyola fondateur des Jésuites, St. François fondateur des Cordeliers, St. Dominique chef des Capucins.

& Metamorphosez en Chats, pour faire la déconfiture des Rats & des Souris; parce que comme ces Officiers de Justice ont eu autresfois la patte fort subtile, pour attraper la bourse du paysan; nous estimons qu'ils ne l'auront pas moins legere, à la capture des Rats & Souris; & ainsi nous les tenons propres, & idoines pour cette importante execution. Et au regard de l'exturbation des Mouches, Moucherons, & Cousins; nous avons resolu, & resolvons de changer, & muer les femmes desdits Officiers en Araignées; afin que dans les toilles qu'elles ont si souvent tramées contre l'honneur de leurs maris, elles puissent arrester ces petits papillons, mouches, & moucherons qui nous apportent un si grand dommage; & puisqu'elles ont bien eu l'addresse d'enchainer tant de galands & d'amis dans leurs filets, elles ne manqueront pas d'industrie pour envelopper ces petites bestiolles. Si donnons en mandement à nos amez, & feaux Officiers de nostre chambre Infernale, & autres qu'il appartiendra; que celuy nostre present Edict ils fassent lire, publier, enregister, observer, & entretenir, dans toutes les terres de notre obeissance, nonobstant quelconques Edits, Ordon-

ordonnances, mandements, deffences, & lettr[es] à ce contraires: Car tel est nostre plaisir. Donn[é] dans l'Averne l'An de nostre damnation cin[q] mille six-cent soixante-neuf ou environ.

Signé,

LUCIFER.

UN Diable ayant leu cet Edit
Par devant le Malin Esprit;
Aussi-tost les troupeaux prophanes
De ces amateurs de chicanes
Enrageants de devenir chats,
Formerent de si grands Sabats,
Et des clameurs si pitoyables,
Que les accens espouventables
D'un bruit si confus, & si haut,
Me reveillerent en sursaut:
Et lors j'apperceus que les songes
M'avoient par leurs fâcheux mensonges
Fait faire un assez long chemin.
Sans sortir hors de mon Jardin.

FIN.

LE

LE MARIAGE DE BELPHEGOR

NOUVELLE INFERNALLE.

ON lit dans les vieilles Chroniques de Florence qu'un personnage tres saint, & dont la vie fut l'admiration de son siecle, estant un jour ravi en esprit, eut une vision fort estrange. Ce saint personnage remarqua, que les ames des hommes mariez allant en foule aux Enfers, disoient presque toutes que s'ils n'eussent point épousé de femmes, ils n'eussent jamais esté reduits à un tel malheur; De sorte que Minos & Rhadamante, avec tout le venerable senat des Enfers, en paroissoient fort surpris. En effet ils ne pouvoient croire d'abord, que ces discours fussent veritables, & cependant ils voyoient que les mesmes plaintes se multiplioient tous les jours: Ce qui enfin les obligea à en faire le rapport à Pluton. Et sur le rapport qui en fut fait, sans en communiquer avec sa sa femme, qui fut malade toute cette semaine, il fut arresté qu'on examineroit cette affaire le plus exactement qu'il seroit possible, & qu'apres cela on choisiroit les moyens, qui paroistroient les plus asseurez pour parvenir à la connoissance de la verité. En mesme temps on fit assembler toutes les chambres : les Princes, les Ducs, les Pairs & les Barons s'y trouverent : Jamais la compagnie n'avoit esté si belle, aussi ne s'estoit-il jamais presenté aucune affaire dont l'importance fust si grande. Le bon Religieux, qui vit tout ce qui se passa, disoit que Pluton parla en ces termes :

MES TRES-CHERS & BIEN-AYMEZ, quoy que je possede mon Royaume suivant l'arrest du Ciel, & le sort fatal qui decida autrefois de mon partage ; Quoy que cet arrest soit irrevocable, & qu'aprés cela je ne puisse estre suiet au jugement des Dieux ni des hommes, neantmoins parce que la prudence de ceux qui se peuvent soûmettre aux loix, & faire plus d'estime du jugement d'autruy que du leur propre, est tousiours la plus seure ; J'ay resolu de prendre vostre avis, afin de sçavoir comment je me doy gouverner dans une affaire qui pourroit avec le temps causer quelque des-honneur à nostre Empire. Toutes les ames des maris, qui viennent en nos Estats, disent que leurs femmes en sont cause : Et cela me semblant impossible, je crains fort qu'en donnant

juge-

jugement sur la relation qui nous est faite, on ne parle de nous comme de Dieux trop cruels ; & que n'en donnant point, on ne die par tout que l'amour de la justice n'est pas ce qui nous touche davantage. Il y a beaucoup de legereté, sans doute, à prononcer sur le simple rapport de ces ames, & beaucoup d'injustice aussi à ne pas examiner la chose avec soin. Voulant donc aller au devant du mal que pourroit produire ou la precipitation ou la negligence, & n'en trouvant pas le moyen fort facile, j'ay bien voulu vous faire appeller icy, afin que vous m'assistiez de vôtre conseil, & que mon Empire evite tous reproches à l'avenir, comme par le passé on n'a rien eu à dire contre ma conduite. Il n'y en eut pas un qui ne dist que la chose estoit de grande importance, & qu'elle meritoit d'estre considerée fort exactement. Les conclusions de la compagnie furent bien qu'il falloit découvrir la verité par tous les moyens imaginables, mais on ne les trouvoit pas ces moyens; Car les uns estoient d'avis qu'on envoyast en ce monde quelque particulier seulement : d'autres estimoient qu'il en falloit envoyer plus d'un, & qu'on pourroit mieux connoistre la verité du fait par l'experience personelle que plusieurs en feroient : mais d'autres qui opinoient plus brusquement, croioient qu'il n'y falloit point apporter tant de façon ; qu'il suffiroit de donner la gesne à un grand nombre en mesme temps, & qu'on découvriroit la verité par la violence des tourmens. A la fin neantmoins la pluralité des voix allant au choix d'une personne seule, laquelle fust envoyée en ce monde, toute la compagnie se rangea à cet avis. Mais comme il ne se presentoit personne qui se chargeast volontairement d'une telle commission, il fut arresté que le sort regleroit cette affaire. En mesme temps on fit des billets, & le sort tomba sur Belphegor. Et là-dessus on peut dire que le hazard ne s'accorda jamais mieux avec le merite; Car en effet Belphegor n'estoit pas un Diable du commun: & quand vous sçaurez que Pluton l'avoit fait Generalissime de ses armées, vous cesserez de douter de cette verité. Avec tout cela pourtant il eust bien voulu se descharger d'un tel employ; Mais le commandement absolu de Pluton le contraignit d'obeïr. Il accepta donc les conditions qui avoient esté arrestées solemnellement, Qu'on delivreroit sur l'heure cent mille Ducats à celuy qui feroit le voiage du monde, & qu'ayant pris la forme d'homme, il epouseroit une femme, vivroit dix ans avec elle, si faire se pouvoit: & qu'aprés ce temps-là faisant semblant de mourir, il s'en retourneroit en Enfer, & verifieroit par sa propre experience, quels peuvent estre les biens & les maux du mariage, & en en feroit un rapport fidele à la compagnie. Il fut encore dit, que pendant ce temps-là il seroit soumis à toutes les peines & à toutes les miseres, aux quelles les hommes sont sujets, sans en excepter les prisons, les maladies & la pauvreté meme : Mais qu'au reste, s'il s'en delivroit par ruse & par addresse, cela luy seroit permis, & que l'on ne s'en scandaliseroit point. Belphegor accepta la condition : il receut les cent mille Ducats : vint au monde : & ayant tirê de ses troupes ce qu'il luy falloit de chevaux & de domestiques, il entra à Florence avec un equipage tres-leste, ayant fait election de cette Ville plustost que de toute autre, parce qu'elle luy sembloit plus propre pour le dessein qu'il avoit de faire valoir son argent & de le mettre à interest. Il se fit appeller *Dom Roderic de Castille*, il prit à loüage une fort belle maison au Fauxbourg *d'Ogni santi*; & afin que personne ne peust sçavoir qui il estoit, il dit qu'étant encore fort jeune, il avoit quitté l'Espagne, & qu'ayant fait voile en Syrie, il s'estoit arresté à Alep, où il avoit gaigné tout ce qu'il avoit de bien : mais qu'ayant fait quelque sejour en ce pays la, il estoit venu en Italie avec dessein de se marier en un pays plus poly & plus conforme à son humeur. Au reste *Dom Roderic* estoit un fort bel homme, âgé, comme il sembloit, de trente ans ou environ ; Et ayant fait connoistre en peu de temps combien il estoit puissant en richesses : & d'ailleurs faisant voir chaque jour par sa liberalité qu'il en sçavoit bien l'usage, plusieurs Gentils-hommes de Florence, qui avoient assez de filles, mais peu d'argent, ne manquerent pas de faire connoistre qu'ils le recevoient de bon cœur en leur alliance. *Dom Roderic* qui avoit des maitresses à choisir, en prefera une a toutes les autres (aussi estoit ce une tres belle personne ;) l'histoire dit qu'elle s'appelloit *Honesta*, qu'elle estoit fille *d'Americ Donati*, qui en avoit encore trois autres à marier, & trois garçons aussi, qui estoient agez de vingt à vingt cinq ans. Mais quoy que le Seigneur Americ fust d'une des plus noble familles de Florence, on peut dire neantmoins qu'il estoit tres-pauvre parce qu'il avoit trop d'enfans, & que sa noblesse l'incommodoit ; Mais *Dom Roderic* y remedia : car il fit luy-mesme la dépense de son mariage ; & tout s'y passa avec tant d'éclat & tant de magnificence, qu'il n'y fut rien oublié de tout ce que l'on peut souhaiter en telles occasions. Il avoit esté dit encore entre autres conditions, qui furent proposees à Messer Belphegor, que si-tost qu'il auroit quitté l'Enfer, il seroit assujetty à toutes les passions humaines. Incontinent donc il com-

commença à prendre plaisir aux honneurs & aux pompes du monde ; & tout Diable qu'il estoit, il prenoit pourtant goust aux loüanges & aux flatteries des hommes, & trouvoit que c'estoit une chose fort agreable ; mais ce qui luy paroissoit si agreable luy coustoit beaucoup aussi. Il y eut encore plus que cela : car il n'eut pas long-temps demeuré avec Honesta, qu'il en devint amoureux au-delà de tout ce que l'on sçauroit s'imaginer ; il trouva je ne sçay quoy en elle qui l'échauffa si bien, que jamais il ne s'estoit veu en telle feste, & lors qu'il la voyoit triste, & qu'elle avoit le moindre déplaisir, il maudissoit la commission qu'il avoit receuë, & juroit hautement que la vie luy estoit amere. Il ne faut pas oublier icy qu'Honesta espousant *Roderic* & portant chez luy la noblesse & la beauté, n'oublia pas aussi son orgueil & sa fierté ordinaire ; & ces deux qualitez estoient si remarquables en elle, que *Roderic*, qui connoissoit l'orgueil de Lucifer & qui en avoit fait l'experience plus d'une fois, asseuroit que celuy de sa femme surpassoit encore celuy de Lucifer. Mais cette fierté devint encore bien plus grande, lors qu'elle eut remarqué la passion ardente que son mary avoit pour elle, & croyant bien luy commander à baguette & le mener comme il faut elle le traittoit en Souveraine, elle agissoit avec luy sans pitié & sans respect, & s'il luy refusoit quelque chose, elle ne manquoit pas de luy faire voir qu'elle sçavoit dire des injures aussi bien que les autres femmes de sa sorte. Jugez apres cela quelle affliction pour *Dom Roderic de Castille.* Neantmoins la consideration de son Beau-pere, des Freres de sa femme, de la parenté, du sacré mariage, & sur tout, l'amour & la tendresse qu'il avoit pour elle, luy faisoient souffrir tout ce mauvais traitement. Je ne parleray point icy des dépenses extraordinaires qu'il faisoit en habits somptueux, changeant de mode toutes les semaines, selon le goust ordinaire des Dames Florentines; Il y eut encore autre chose qui l'incommoda bien davantage; car il fut contraint pour avoir la paix, d'aider son Beau-pere à marier ses autres filles, en quoy il dépensa une somme tres-considerable. Il fallut de plus, pour entretenir la bonne intelligence, & faire que tout allast bien, il fallut, disje, envoyer un de ses Beaux-freres en Levant avec quantité d'étoffes de laine, le second en France & en Espagne avec des étoffes de soye, & avancer le troisiéme, en luy donnant de quoy lever une boutique de Batteur d'or à Florence. Tout cela ensemble, comme vous voyez, est bien capable d'incommoder un pauvre Diable:

Diable: Autre misere neaumoins: Il n'y a point de ville en Italie qui face plus de dépense au Carnaval & à la S. Jean, que Florence, & c'estoit en cette occasion-là qu'Honesta vouloit absolument que son *Roderic* surpassast toutes les personnes de condition par la somptuosité des festins, des ballets & des autres divertissemens, qui sont ordinaires en ces jours là. Il supportoit neantmoins encore tout cela pour les mesmes raisons qui luy avoient fait souffrir le reste, & peut estre encore, que toutes ces difficultez, quoy que tres facheuses & tres-dures, luy auroient paru supportables & douces, si au moins il eust pû par sa patience avoir quelque repos en sa maison, & attendre paisiblement le poinct fatal de sa ruine. Mais *Dom Boderic de Castille* éprouva tout le contraire: parce qu'oûtre la dépense, dont vous avez veu l'estat, la fierté de cette femme luy attiroit mille autres incommoditez encore; jusques là mesme qu'il n'y avoit ny valets, ny officiers, qui pussent demeurer trois jours de suite à son service; Ce qui luy donnoit un déplaisir tres amer, voyant qu'il luy estoit impossible de tenir en sa maison aucune personne affectionnée au bien de ses affaires. Et en effet, comment les hommes y auroient-ils pû demeurer, puisque les Diables mesmes qu'il avoit amenez avec luy, aymerent mieux enfin s'en retourner en Enfer & avoir la plante des pieds brulée comme auparavant, que de vivre en ce monde sous l'empire d'une femme si fascheuse ? *Roderic* menant donc une vie pleine de tant d'inquietudes & tant de miseres, & ayant espuisé par des dépenses non preveues tout ce qu'il avoit reservé, commença à vivre sous l'esperance du profit qu'il attendoit des Vaisseaux qu'il avoit envoyez en Orient & en Occident. Et comme il avoit encore fort bon credit sur la Place, afin de se maintenir toûjours en bon estat, il emprunta de l'argent de ceux qui avoient accoustumé d'en préter ; mais comme ceux de cette profession sont gens qui ne s'endorment pas en leurs affaires ; ils remarquerent bien qu'il ne se pressoit pas trop de payer à terme. Et sa bourse estant déja presque vuide, & tout son fait reduit à la derniere extremité, il apprit tout d'un coup deux nouvelles aussi funestes qu'il en eust jamais pû recevoir. La premiere estoit qu'un des freres d'Honésta avoit joüé à la chance tout ce que *Roderic* luy avoit mis entre les mains ; Et la seconde ne valoit pas mieux que la premiere, puisqu'elle luy apprenoit que son autre Beau frere revenant en Italie, estoit peri avec toutes ses marchandises. La chose ne fut pas plûtost sceuë

à Floà Florence, que les creanciers de *Roderic* s'assemblerent tous, & croyant que c'estoit un homme perdu sans ressource, & ne pouvant d'ailleurs se descouvrir, parce que le temps du payement n'estoit pas encore venu, ils conclûrent tous qu'il falloit le veiller de prés, de peur qu'il ne se desrobast, & qu'ils ne fussent pris pour duppes. *Dom Roderic de Castille* voyant d'un autre costé que son mal estoit sans remede, & sachant à quoy il estoit obligé par la loy infernale, songea à prandre un cheval & à s'enfuir sans deliberer; ce qu'il fit avec assez de facilité pour ce qu'il demeuroit tout-contre la porte *Del Prato*. A peine donc estoit-il party, que l'alarme s'espandit parmy ses creanciers; lesquels ayant eu recours aux Magistrats, le firent suivre non seulement par des Courriers & par des Sergens, mais allerent encore tous ensemble pour tascher d'en apprendre des nouvelles plustost, ou peut-estre par la crainte qu'ils avoient, que ces sortes de gens, qui ne valent pas mieux en Italie qu'ailleurs, ne le relaschassent pour quelque nombre de Ducats. Cependant *Roderic*, qui n'estoit pas sot, & qui ne le devoit pas estre en cette occasion, songea bien à ce qui pourroit arriver; C'est pourquoy si-tost qu'il eut fait environ une demi lieuë au galop, il resolût de quitter le grand chemin, ce qu'il fit aussi; mais en ce cas là il falloit laisser son cheval, car le pays estant coupé de quantité de fossez, il estoit reduit à la necessité de se sauver à pied; ce qui luy reüssit bien. En effet traversant toûjours à la faveur des vignes & des roseaux, dont tout le païs abonde, il arriva enfin au dessus de *Peretola* en la maison de *Jean Matteo del Bricca*, Mettayer de J. del-Bene. Par bonheur il rencontra ce Matteo, qui menoit de la paille pour ses Bœufs, & luy promit que s'il le delivroit des mains de ses ennemis, qui le pour-suivoient pour le faire mourir en prison, il le feroit riche, & qu'avant que de partir, il luy donneroit telle assurance de sa parole, qu'il n'en pourroit douter. *Que si je ne faus*, adjoûta-t-il, *ce que je te promets, je suis content que tu me livres toy mesme entre les mains de ceux qui me cherchent.* Vous sçaurez, s'il vous plaist, que J. Matteo, quoy que paysan, estoit homme resolu, & qui ne manquoit pas de bon sens. Jugeant donc bien qu'il n'y avoit rien à perdre dans le dessein de le sauver, il luy promit de le faire, & l'ayant caché sous un monceau de fumier, qui estoit devant sa porte il le couvrit encore de quantité de feuilles, de roseaux & d'autres choses de cette nature, qu'il avoit ramassées pour faire du feu. A peine avoit on achevé de cacher *Roderic*, que ceux qui le cherchoient arriverent: mais quelques menaces

naces & quelques frayeurs qu'ils fissent à Matteo, ils ne pûrent pourtant jamais l'obliger à dire seulement qu'il l'eust veu ; de sorte que passant tousiours plus outre & n'apprenant aucune nouvelle de *Dom Roderic*, ils s'en retournerent à Florence, aussi mal satisfaits que vous pouvez vous l'imaginer. Apres cela Matteo voyant que tout ce grand bruit estoit appaisé, le retira du lieu où il avoit esté caché, & le conjura de luy tenir parole. Roderic parut fort fidelle en cette occasion ; & j'oserois bien dire que jamais Diable ne le fut tant, & ne témoigna plus de gratitude & plus de generosité. En effet il reconnut qu'il luy estoit infinement obligé, & luy promit qu'il feroit tout son possible pour le satisfaire & pour s'acquiter de la parole qu'il luy avoit donnée. Afin de luy persuader cette verité, & luy faire voir qu'il ne disoit rien, dont il ne pûst venir à bout, il luy fit toute son histoire, telle que vous l'avez oüye Il l'informa ensuite du moyen qu'il vouloit suivre pour l'enrichir ; *Scache*, dit-il, *que si tost que l'on entendra dire que quelque Dame a le Diable au corps, elle n'aura point d'autre Diable que moy ; & tu dois estre tres-persuadé que je n'en sortiray point si tu ne viens toy meme pour m'obliger à sortir de cette nouvelle demeure : & tu sçauras bien apres cela te faire payer comme il faut*. Il ne luy en dit pas davantage, car

car il disparut en un moment, & fit devant luy un tour de *maistre Gonin*. Peu de temps apres un bruit s'espandit par toute la ville que la fille de *Mess. Ambrosio Amedei*, laquelle il avoit mariée à *Bonaiuto Thebalducci*, estoit possedée. Le pere & la mere ne manquerent pas d'employer les remedes que l'on à accoustumé de pratiquer en un accident si facheux; car ils luy firent porter la *teste de S. Zanobe* & le *manteau de S. J. Galbert*: mais de tout cela Belphegor n'en fit que rire: il n'y avoit plus *Dom Roderic de Castille*, c'estoit un Diable bien fait. Et pour faire voir à chacun que le mal de cette Demoiselle estoit une veritable possession, & qu'elle estoit positivement endiablée, sans aucune imagination fantastique, maladie de maire ou autre bagatelle de cette nature, elle parloit Latin mieux que les livres, disputoit de Philosophie & découvroit les pechez de plusieurs personnes qui se trouvoient fort surprises, & qui ne croyoient pas que le Diable se méslat de tant d'affaires. Mais il y eut entr'autres un bon Religieux, à qui *Roderic* rendit un assez mauvais office: car il fit sçavoir à tous ceux qui le voulurent entendre, qu'il avoit tenu plus de quatre ans une jeune fille en sa cellule, luy ayant fait prendre un habit de novice. Jugez apres cela si l'on doutoit que la possession fust veritable. Cependant Mess. Am-

Ambrosio estoit extrémement affligé du malheur de sa fille : & ayant espuisé en vain les remedes que la Medecine & la Religion luy avoient presentez, il estoit reduit au dernier desespoir, lors que J. Matteo le vint trouver, & luy promit de sauver sa fille moyennant la somme de cinq cents Florins, dont il vouloit acheter un heritage à Peretola. En effet Matteo estoit une fort bonne personne, & il eust fait le miracle gratuitement & en galant homme, mais il avoit besoin d'argent. Messer Ambrosio donc accepta sa proposition : en suitte dequoy Jean Matteo apres avoir fait dire certaines Messes, & employé je ne sçay quelles ceremonies, afin que la chose se passast avec plus de façon, s'approcha de l'oreille de cette Demoiselle, & luy dit, *Roderic, je te suis venu trouver afin de te faire tenir la parole que tu m'as donnée. J'en suis tres-content*, dit Roderic, *mais je veux agir avec toy en galant homme. Scache donc que je te veux faire du bien plus d'une fois, car l'occasion qui t'ameine icy n'est pas capable de t'enrichir ny de te mettre à ton aise : c'est pourquoy si-tost que je seray sorty de ce lieu, j'entreray dans la fille de Charles Roy de Naples, & n'aye pas peur que j'en sorte jamais que tu ne m'en viennes prier. Alors tu deviendras tout d'un coup un homme d'importance, & tu tailleras en plein drap ; mais aprés cela ne me viens plus rompre la teste.*

Si-tost

Si-tost qu'il eut prononcé ce que vous venez d'entendre, il sortit du corps de cette Demoiselle, avec la joye & l'étonnement de toute la ville. Au reste Belphegor ne manqua pas de faire ce qu'il avoit promis à Matteo: car bien peu de temps aprés, le bruit s'espandit par toute l'Italie, que la fille de Charles Roy de Naples estoit possedée: & tant mieux pour Matteo, qui devoit trouver en cette occasion une moisson toute d'or. En effet tous les remedes des Moines ne furent que *des Remedes de bibus*. Ils employerent inutilement tout ce qu'ils sçavoient faire: le Diable ne voulut point lâcher prise, qu'à la parole de Matteo, qui l'avoit autrefois bien servi. Le Roy, qui avoit appris ce qui s'estoit passé à Florence, fit venir Matteo en sa Cour, le quel guerit la Princesse, aprés y avoir employé quelques petites façons & quelques ceremonies feintes pour couvrir le mystere. Mais *Dom Roderic*, avant que de partir, luy tint ce discours, à ce que rapporte la Chronique: *Tu vois bien, Matteo, que je t'ay tenu parole: te voila desormais riche: tu peux a present vivre à ton aise: c'est pourquoy, si je ne me trompe, me voila aussi quitte envers toy. Garde toy donc bien de te presenter dorenavant devant moy, parce qu'aprés t'avoir fait beaucoup de bien, je te feray à l'avenir beaucoup de mal, & n'en doute pas.* Matteo estant retourné fort

riche

riche à Florence, (car il avoit receu du Roy de Naples plus de cinquante mille Ducats) songeoit à joüir paisiblement de ses grandes richesses, ne croiant pas que *Roderic* luy voulust faire aucun déplaisir. Mais ses desseins furent troublez par les nouvelles de France, qui portoient qu'une des filles de Louis V I I. Roy de France, estoit possedée. Cela estoit bien capable d'effrayer Matteo, qui n'ignoroit pas la puissance d'un si grand Prince, & qui d'ailleurs se souvenoit bien des dernieres paroles de *Roderic.* Le Roy donc ne trouvant aucun remede pour un accident si estrange, & ayant appris ce que sçavoit faire Matteo, luy despescha un courrier & le fit prier de venir à Paris. Mais Matteo ayant allegué je ne sçay quelles indispositions, qui luy ostoient le moyen de rendre service à sa Majesté en cette occasion, le Roy fut contraint d'en escrire à la Seigneurie, laquelle obligea Matteo à partir. Estant donc arrivé à Paris fort affligé, & ne sçachant comment il pourroit executer ce qu'on attendoit de luy; Il dit au Roy, *qu'en effet il estoit bien veritable qu'il avoit guery autrefois quelques possedées, mais que pour cela on ne devoit pas croire qu'il peust guerir tous les possedez qui se rencontreroient, d'autant qu'il se trouve quelquefois des Diables d'une si perfide & si étrange nature, qu'ils ne se soucient aucunement des menaces, des enchantemens,*

temens, ny de toute la religion. Qu'au reste il ne disoit pas cela par aucune repugnance qu'il eust à faire ce qu'on souhaitoit de luy, mais qu'aussi en cas qu'l ne peust reussir, il en demandoit pardon à sa Majesté. Le Roy ayant oüy ce discours parut assez troublé, & le transport de sa colere fut si grand, qu'il menaça Matteo de le faire pendre, s'il ne chassoit le Demon du corps de la Princesse, aussi bien qu'il en avoit chassé d'autres; & qu'au reste il estoit aussi aisé de faire des miracles à Paris qu'à Florence ou à Naples. Ces paroles toucherent étrangement Matteo; Car il ne croyoit pas qu'il y eust du plaisir à estre pendu de la sorte, & il n'y avoit point d'equivoque aux paroles du Roy. Neantmoins il se rassura un peu, ou fit semblant de se rassurer; & ayant fait venir la Princesse possedée, il s'approcha de son oreille, & apres avoir dit à *D. Roderic* qu'il estoit son tres-humble serviteur, il n'oublia pas de luy renouveller le souvenir du bon office qu'il luy avoit rendu, lors qu'il le delivra des griffes de la Justice: adjoustant que s'il l'abandonnoit dans le peril extréme où il estoit, il n'y auroit personne qui ne parlast de son ingratitude. *Roderic*, qui n'estoit pas plus patient que de raison, s'emporta brusquement; Il jura, pesta, tempesta; il fit le Diable à quatre, & luy dit mille & mille outrages; mais on n'entendit bien distin-

distinctement que ces dernieres paroles; *Quoy donc, traistre, vilain, tu auras encore bien la hardiesse de paroistre devant moy? T'imagines-tu point de te pouvoir un jour vanter d'avoir esté enrichy par mon moyen? Mais je te feray bien voir, & à toy & à tout le monde, que je donne & que j'oste quand il me plaist, & comme il me plaist; Je sçay encore une autre chose, c'est que je te feray pendre sans y manquer avant que tu partes de Paris.* Alors Matteo ne voyant point de remede à son infortune, pensa à un autre moyen; & ayant fait retirer la possedée, il dit au Roy: Sire, je vous l'avois bien dit; il y a des esprits si malins & si phantasques, qu'on ne peut prendre de mesure avec eux; & celuy de la Princesse est de ces Esprits phantasques & malins. C'est pourquoy je veux essayer tout ce que je sçay faire; si ce que nous ferons peut suffire, à la bonne heure, vostre Majesté aura ce qu'elle souhaitte & ce que je souhaitte aussi; si cela ne suffit pas, & que vostre Majesté ne se contente point de ce qui aura esté fait, je despendray toujours de Vous, & Vous aurez de moy, Sire, telle compassion que merite mon innocence: cependant vostre Majesté fera dresser dans la place de Nostre-Dame un theatre assez grand pour pouvoir contenir tous vos Barons & tout le Clergé de cette Ville. Ce theatre sera, s'il vous plaist, paré de brocar d'or, d'or, & d'autres riches estoffes: vous y ferez mettre un Autel, & Dimanche prochain il faudra que vous vous y trouviez dés le matin avec vos Princes & vos Pairs; & vous y ferez venir la Princesse apres y avoir fait chanter une grande-Messe. Outre ce que je viens de dire à vostre Majesté, il faut que d'un costé de la place il y ait vingt personnes pour le moins, avec des trompettes, des cors, des tambours, des cornemuses, & des cymbales, qui commenceront à joüer de tous ces instrumens si-tost que je feray voir un chapeau en l'air: & toute cette Musique s'avancera vers le theatre. Toutes ces choses, avec quelqu'autre remede que je sçay, feront sortir, comme je l'espere, le Démon du corps de la Princesse. Le Roy donna ordre que cela fust executé comme Matteo l'avoit proposé: & le Dimanche estant venu, le theatre estant remply de quantité de personnes de la premiere qualité, & la place de Nostre-Dame estant pleine de peuple, la Princesse fut amenée par deux Euesques, suivis de plusieurs Seigneurs de la Cour. Quand *Roderic* vit un si grand peuple & un appareil si magnifique, il demeura tout interdit, & prononça ces paroles tout haut, *Je voudrois bien sçavoir ce que veut faire ce coquin de paysan. J'en ay bien veu d'autres; J'ay veu plus d'une fois toute la pompe du Ciel, & je sçay* ce *ce que l'Enfer à de plus épouvantable. Je traitteray ce coquin comme il faut, & si j'y manque que Dieu me le rende.* Matteo s'approcha de luy, & apres l'avoir prié de sortir, *Roderic* s'escria, *Ah la belle pensée que tu as euë! Crois-tu par là te sauver de ma puissance & de la colere du Roy? Mais n'en croy rien, maraud, car j'ay bien resolu de te faire pendre, ou je veux passer pour un Diable insensible & qui à peu d'esprit.* Matteo le prie encore plus ardemment, & Belphegor luy dit encore plus d'injures & plus d'outrages qu'il ne luy en avoit dit auparavant. Mais tout cela n'estonna point Matteo: car sans perdre temps il haussa en l'air son chapeau, & tout d'un coup les trompettes, les joüeurs de cors, de tambours, & de cymbales, commençerent leur musique en s'approchant du theatre. A cet étrange tintamarre, *Roderic* parut assez surpris, faisant voir qu'il y a des Diables qui craignent le mal comme les hommes: & ne pouvant deviner ce que vouloit dire ce grand bruit, il en demanda la cause à Matteo: Le Paysan, qui n'estoit nullement beste, fit semblant d'estre fort estonné, & luy dit, *Helas, mon cher Roderic, c'est Honesta qui vient vous chercher à Paris.* Il n'en dit pas davantage: mais vous ne sçauriez vous imaginer en quel desordre ces quatre ou cinq paroles mirent *Dom Roderic.* Elles luy firent perdre l'esprit & le jugement:

ment: Et sans raisonner, sans faire reflexion sur ce qu'on luy disoit, sans songer si la chose estoit possible ou vray-semblable, il sortit du corps de la Princesse & ne repliqua pas un seul mot, aimant mieux retourner en Enfer pour rendre compte de ses actions, que de retourner pour la seconde fois en la servitude du mariage, qui luy avoit fait essuyer tant de dégoûts, tant de mespris & tant de perils. Si-tost qu'il fut arrivé, il demanda audience; & en presence de Pluton, d'Æacus, de Minos, & de Rhadamante, Conseillers d'Estat, il confirma ce que les ames des maris avoient dit souvent: Et Matteo, qui fut plus fin que le Diable, s'en retourna à Florence avec grand'joye; Non pas que la Chronique die que le Roy luy eust fait aucun bien: mais comme il avoit assez gaigné dans les deux occasions precedentes, il se tenoit fort heureux, sans doute, de n'avoir pas esté pendu à Paris.

FIN.

EPI-

EPITAPHES

De M^R. de MOLIERE.

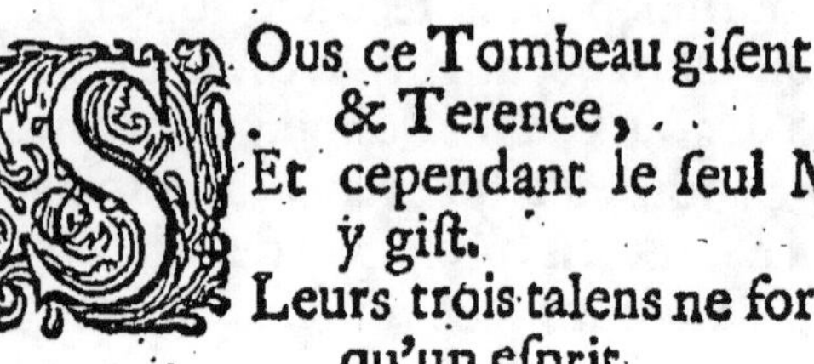
Ous ce Tombeau gisent Plaute & Terence,
Et cependant le seul Moliere y gist.
Leurs trois talens ne formoient qu'un esprit
Dont le bel art rejouissoit la France;
Ils sont partis, & j'ay peu d'esperance
De les revoir, malgré tous nos efforts,
Pour un long temps selon toute apparence
Terence & Plaute & Moliere sont morts.

AUTRE.

Cy gist! qui parut sur la scene
Le singe de la vie humaine,
Qui n'aura jamais son egal
Mais voulant de la mort, ainsi que de la vie,
Estre l'imitateur, dans une comedie;
Pour trop bien reussir il reussit fort mal;
Car la mort en estant ravie,
Trouva si belle sa copie
Qu'elle en fit un original.

AUTRE.

AUTRE.

Cy giſt! parmy les trepaſſez,
Qui joüoit un chacun d'une impudence extreme,
Mais ce Docteur Bouffon, n'en ſcavoit pas aſſez
Pour empeſcher la Mort de le joüer luy meſme;

AUTRE.

Cy giſt! ſous cette froide biere
Le fameux comique Moliere,
Je ne ſçay pas s'il y dort!
Car luy, qui ſçeut tout contrefaire,
Ne fit j'amais mieux le mort.

AUTRE.

Moliére eſt dans la foſſe noire,
On dit quil eſt mort tout de bon;
Pour moy je ne le ſcaurois croire,
l'Acte eſt trop ſerieux pour eſtre d'un Bouffon.

AUTRE.

Cy giſt! Moliere c'eſt dommage,
Il faiſoit bien ſon perſonnage,
Il excelloit ſur tout à faire le Cocu
En luy ſeul, à la comedie,
Tout à la fois nous avons veu
l'Original & la Copie;

AUTRE.

AUTRE.

Cy gist ! un qu'on dit estre mort
Je ne sçay s'il l'est, ou s'il dort,
Sa Maladie Imaginaire
Ne peut pas l'avoir fait mourir;
C'est un tour qu'il joüe à plaisir,
Car il aymoit à contrefaire,
Quoy quil en soit, cy gist ! Moliere,
Comme il estoit grand comedien,
Pour un mort imaginaire
S'il le fait, il le fait fort bien.

AUTRE.

Quoy ! c'est donc le pauvre Moliere
Qu'on porte dans le cimetiere,
S'ecrierent quelques voisins,
Non, dit certain Apotiquaire,
C'est le Malade Imaginaire,
Qui veut railler les Medecins.

AUTRE.

J'ay de tous les Estats decouvert le mistere,
Des Rois & des Devots, du Marquis, du Vulgaire,
Joüant le Medecin, je me suis échoüé
Je meurs sans Medecin, sans Prestre & sans Notaire
J'ay joüé la Mort mesme, & la Mort ma joüé;

AUTRE.

AUTRE.

Il eſt paſſé ce Moliere
Du Theatre, dans la Biere,
Le pauvre homme à fait faux bon,
Et ce renommé Bouffon
N'a jamais ſceu ſi bien faire
Le Malade Imaginaire,
Qu'il fait le mort tout de bon.

AUTRE.

Ouy ſept villes pour Homere
Eurent, Jadis, des debats,
Chacune s'en diſant mere,
Le vouloit avoir; mais las!
A légard du grand Moliere
Dont Paris fit tant de cas,
Le ſort ſe trouve contraire,
La difference eſt entiere,
Meſme choſe ce n'eſt pas;
A t'il fermé la paupiere
Dans ſon Mort Imaginaire,
Son corps, apres ſon trepas,
Ne trouve aucun cimetiere.

AUTRE.

Cy giſt! cet heroique autheur
Qui fit d'un ſage, un impoſteur,
Et des ſcavans en Medecine,
Des Bourreaux & gens ſans doctrine,

Il

Il n'eut jamais une autre loy
Que celle qui detruit la foy ;
Il se servit de la Coquille
Et de la mere & de la fille,
Et ne trouva dedans sa fin
Ni Dieu, ni Loy, ni Medecin.

AUTRE.

Cy gist ! le Terence François
Qui merita pendant sa vie,
De divertir, malgré l'envie,
Le plus sage de tous les Rois ;
Il a poussé l'esprit comique
Jusques au dernier de ses jours,
La mort en arrestant le cours,
Il à finy par le tragique.

AUTRE.

Si dans son art, c'est estre un ouvrier parfait
Que sçavoir trait pour trait
Imiter la Nature,
Moliere doit passer pour tel :
Michelange, le Brun & toute la peinture,
Comme luy, n'ont sceu faire un mort au Naturel.

AUTRE.

Facheux, Bigots, Cocus, Medecins, Avocats,
Ignorans & Scavans, Nobles, Bourgeois, Prelats,

E J'ay

J'ay tout Joüé ; La Mort mesme à craint
ma satire,
J'ay fait pour la berner un genereux effort,
Elle m'en à puny, mais enfin je puis dire,
Avoir joüé jusqu'a la Mort.

AUTRE.

Ornement du Theatre, Incomparable
Acteur,
Charmant Poëte, Illustre Autheur,
C'est toy, dont les plaisanteries
Ont gueri des Marquis l'esprit extravagant,
C'est toy, qui par tes mommeries
A reprimé l'orgueil du Bourgeois arrogant,
Ta Muse en joüant l'Hypocrite,
A redressé les faux devots,
La precieuse, à tes bons mots,
A reconnu son faux merite,
l'Homme ennemy du genre humain
Le Campagnard qui tout admire,
N'ont pas leu tes écrits en vain:
Tous deux s'y sont instruits, en ne pensant
qu'a rire,
Enfin tu reformas & la Ville & la Cour,
Mais quelle en fut la recompense!
Les François rougiront un jour
De leur peu de reconnoissance;
Il leur falut un Comedien,
Qui mit a les polir son art & son étude,
Mais Moliere, à ta gloire il ne manqueroit
rien, Si

Si parmy leurs deffauts que tu peignis si
bien;
Tu les avois repris de leur ingratitude.

AUTRE.

Moliere n'est pas mort; c'est une erreur de
suivre
La foy que de ce bruit on veut par tout
semer,
S'il à rendu l'esprit qu'on à veu l'animer,
Deux mille autres le font revivre.

AUTRE.

Cy gist! l'Illustre autheur de la juste satire,
Du Siecle corrompu le fleau terrassant,
Dont le trepas, quoy que ressent,
Donne à beaucoup de gens l'audace de me-
dire,
On ne voit toutefois que le Cagot sous-rire,
Ou le Medecin innocent.
A ce qu'un Marquis sot en dit en grimassant,
Parce qu'il à voulu tous trois les interdire;
Montre toy plus sage, Passant,
Et si ton cœur reconnoissant,
Se plust à sa façon d'escrire,
Adresse en sa faveur des voeux au Tout
Puissant,
Et donne quelques pleurs à qui te fit tant
rire.

AUTRE.

La Parque m'a ſurpris, perſonne ne l'ignore,
Son coup fut auſſi prompt que le feu des
éclairs,
Mais mon renom fameux dans le bas univers,
Malgré ce choc mortel, m'y fera vivre encore;

Les fleurs que dans ces champs Helicon
voit éclore,
Receurent de mes ſoins mille ornemens
divers,
On ne peut rien trouver de ſi beau que mes
vers,
Et de ſon propre encens, Apollon les ho-
nore;

Le plus grand Roy du monde en vanta les
attraits,
Hipocrate gemit ſous l'effort de leurs traits
Et le vice avec eux ſe vit toujours en guerre;

Un faux Zele pourtant à la fin m'entreprit,
Mais pendant qu'a mon corps on refuſoit
la Terre,
Le Ciel s'ouvrit, ſans peine, à mon divin
Eſprit.

AUTRE

AUTRE.

Dans le mesme temps que mourut
Ce grand cet illustre Moliere,
On dit que la Parque voulut
Luy donner un Apotiquaire;

Un Medecin mourut aussy,
D'une science assez profonde,
Un Procureur en fit ainsy,
Allant plaider en l'autre monde:

Voila de bonnes gens ensemble,
Un Procureur, un Medecin,
Un Apoticaire, & me semble
Que Moliere est un passe-fin,

Le Medecin voyant Moliere,
Luy dit d'un ton de goguenard,
Hé bien malade imaginaire?
Vous voila pris comme un Renard.

Survint aussy l'Apotiquaire,
Qui luy dit, mais d'un ton plus doux,
Si vous aviez pris un clistere
Vous ne seriez point avec nous,

Le Procureur prit la parole,
Et luy dit, parlant de tous deux,
Ils ont joué si bien leur role
Qu'ils m'ont fait venir avec eux;

Moliere alors prenant party,
Dit au Procureur, je vous prie
Faisons enrager ces gens cy
Et je seray vostre partie.

De peur d'oublier son mestier,
Le Procureur dit à Moliere,
Ne leur donnez point de quartier,
Et j'auray soin de vostre affaire.

Moliere, avec son Procureur,
Ayant commencé cette guerre,
Le Medecin, l'Apoticaire,
Se sont enfuis mourans de peur;

Par tout se rendent effroyables,
Et Moliere & les procureurs,
Puisque mesme parmy les Diables
Ils jettent d'horribles terreurs.

AUTRE.

Je croy que l'on n'a jamais fait,
Ce qu'a fait le fameux Moliere,
Car d'un malade Imaginaire
Il à fait un mort en effet.

Il à voulu faire bien pis.
Car il à creu par ses finesses
Et par quelques tours de souplesses,
Entrer tout droit en Paradis;

Quand il à quitté ces bas lieux,
Il avoit expres à sa bouche
Une barbe de scaramouche,
Pour tromper le Portier des Cieux,

Le Portier qui le reconnut
Deguisé de cette maniere,
D'un ton, d'une voix de tonnerre,
Le renvoya chez Belzebut,

Voyant sa ruse sans effet
Sa fausse barbe & ses paroles,
Il offrit quarante pistoles
Quil avoit encore au gousset,

Le Portier luy dit, en courroux;
Allez? ame trop mercenaire,
Ce n'est pas là de la maniere
Que l'on en agit avec nous,

Allez allez chercher l'Enfer,
Ce doit estre vostre demeure;
Ou vous pourrez faire à toute heure
Le Bouffon devant Lucifer.

Se voyant donc chaſſé des Cieux,
Il ne ſcavoit quel chemin prendre,
Et fut obligé de deſcendre
Pour s'en aller en d'autres lieux,

Auſſi-toſt qu'il fut preſt d'entrer
Dans le triſte & le ſombre Empire,
Il ne put s'empeſcher de rire
Voyant tout le monde pleurer.

Alor sle Monarque Pluton
Regardant cette ame Boufonne,
Commande auſſi toſt qu'on luy donne
Le Brevet de Maiſtre bouffon;

Voila de Moliere le ſort!
Qu'on ne luy porte point d'envie
De ce qu'il fait apres ſa mort,
Ce qu'il à fait durant ſa vie.

Je croy qu'on n'en eſt point jaloux,
Et meſme Perſonne ne gronde
De ce qu'il fait en l'autre monde,
Tout ce qu'il à fait avec nous.

AUTRE.

Cy giſt! qui ſcavoit l'art de rire
Aux depens de tout l'univers,
Et d'aſſaiſonner ſes bons vers
Du ſel piquant de ſa Satire,

D'un

D'un ſtile agreable & bouffon
Qui ne fut jamais trouvé fade ;
Il à joüé Sain & Malade,
Homme, Femme, Jeune & Barbon,
Le Cocu, le Jaloux, le Plaiſant, le Critique,
Le Gentil homme & le Bourgeois,
Le Marquis & le Villageois,
Ont eſté le ſujet de ſa veine comique ;
Heureux ? s'il n'avoit pas enfin
Attaqué l'Hypocrite, avec le Medecin,
Ces derniers luy gardant une hayne inteſtine,
Lont laiſſé ſans ſecours deſcendre au monument.
Le Medecin ſans Medecine,
Et le Bigot ſans Sacrement.

Les Medecins vangez,

ou

La ſuite funeſte, du Malade Imaginaire.

DEpuis long temps une erreur ſans ſeconde
Dans l'eſprit des mortels regnoit abſolument,
Et dans tous les recoins du monde
Son pouvoir s'étendoit univerſellement,

E 5 Quand

Quand un des grans hommes de France ;
Moins renommé par sa naissance
Que celebre par ses ecrits,
Reconnoissant cette chimere ;
Voulut en la rendant vulgaire.
Desabuser jusqu'aux moindres Esprits ;

Ce fut cet homme incomparable,
Cet excellent peintre des mœurs,
Moliere enfin, de qui la plume inimitable
Voulut des Medecins, par un trait admirable,
Representer les brutales humeurs,
Il connut que l'Idolatrie,
Que les hommes ont pour la vie,
Estoit le seul fondement de leur art ;
Et que bien loin de soulager nos peines,
Leur esprit n'avoit autre égard
Que de tirer profit des foiblesses humaines :

Comme dans un vivant tableau,
Nous remarquons dans sa piece derniere,
Qu'un homme se faisant Malade Imaginaire,
Se croit, quoy que tres sain, proche de son tombeau ;
Qu'un Medecin plein d'arrogance
Entretient par son ignorance
Cette erreur ridicule, & par un soin fatal
Loin qu'à la dissiper son esprit s'étudie,

Il augmente sa maladie
Pour d'autant plus profiter de son mal,
Par des ordonnances severes,
Il luy prescrit dans l'espace d'un mois
Douze purgations, quinze ou seize clisteres,
Sans les sirops, des quels son caprice fait choix,
C'est ce qui nous fait voir que de la Medecine
L'art fut trouvé plus pour nostre ruine,
Que pour nostre soulagement,
Puisque pour peu de mal que puisse avoir un homme,
L'excés des remedes l'assomme;
Ou corrompt la bonté de son temperament.

Que ces Docteurs, pleins d'avarice,
Se font riches à nos depens;
Et qu'au lieu que chez les marchans
Nous prenons simplement ce qui nous est propice,
Il nous faut chez ces gens, loin de ce qui nous sert,
Prendre le poison qui nous pert;
Et loin qu'aucun degoust au refus nous obstine,
Il faut non seulement, par un fascheux destin,
Que nous payons nostre assassin,
Mais encore le fer, dont il nous assassine.

C'est

C'est ce que cet illustre autheur,
Dans sa piece nous fit parestre,
Mais en nous le faisant connestre
Il attira luy mesme son malheur,
Les Medecins d'intelligence
Aspirans tous à la vangeance,
Chercherent les moyens de se la procurer
Et par une Mort exemplaire;
Ils conclurent enfin qu'il falloit reparer,
Le tort, qu'a leur sçavoir sa plume avoit pu faire,

Cependant l'execution
Leur en paroissant difficile,
D'autant que pres de luy leur science inutile
Ne leur en fournissoit aucune occasion,
Poussez d'une fureur extreme,
Ils conjurerent la mort mesme
D'entreprendre ce coup pour eux,
Et pour plus aysement la porter à le faire
Le plus agé, d'un air respectueux,
Luy parla de cette maniere.

REQUESTE

Des Medecins, à la Mort.

Souveraine des Rois, maitresse des Humains,
Qui tenez de leurs jours le destin en vos mains,

Et de qui le supreme & redoutable Empire
S'estend également sur tout ce qui respire ;
Voyez d'un oeil benin vos pauvres substituts
Les humbles Medecins à vos pieds abatus,
Qui dans l'accablement, d'un des-espoir extreme,
Ne peuvent recourir qu'a leur Princesse mesme ;
Vous ne sçavez que trop, avec quels soins heureux,
Chacun de nous travaille à contenter vos voeux,
Que pour faciliter vostre atteinte mortelle
Nous dissipons des corps la vigueur Naturelle ;
Et que sans le secours de nos medicamens
Les hommes pourroient vivre encore plus long temps,
Cependant ? ce n'est pas pour vanter nos services
Ny demander le prix de tous nos sacrifices,
Que nous osons icy parestre devant vous,
Nous ne nous prosternons, Madame, à vos genoux
Que pour vous demander Justice de Moliere,
C'est luy qui nous detruit dans l'esprit du vulgaire ;
Et qui sur son Theatre ose à tous faire voir
Que nostre interest seul fait tout nostre sçavoir,

Que

Que nous n'avons des maux aucune con-
noissance,
Que de nous les humains tirent peu d'assi-
stance,
Et que loin de sçavoir l'art de les secourir
Nous ne les guerissons qu'en les faisant
mourir,
Jugez à quel mespris cet homme nous ex-
pose,
Mais quoy que vous deussiez prendre en
main nostre cause,
Et detruire qui cherche à nous detruire tous,
Vous ne devez vanger, grande Reine, que
vous.
Ouy? cet impertinent par une audace ex-
treme
Va jusqu'à vous jouer sur son Theatre mes-
me,
Et par sa feinte mort, qu'au public il fait
voir,
Il brave de vos traits l'invincible pouvoir,
Vangez vous donc Madame! & de son in-
solence
Punissez l'orgueilleuse & coupable licence,
Montrés en le perçant de veritables coups
Qu'on ne se moque point impunement de
vous,
Que vous sçavez braver, qui comme luy
vous brave,
Que le plus grand mortel vous est moins
qu'un esclave,

Quand

Quand il à du mepris pour vostre authorité
Et c'est à quoy conclut nostre humble faculté.

La Mort à ce discours furieuse, emportée
D'un transport non accoutumé,
Prend de ses traits mortels le plus envenimé
Et pour ne plus trouver sa fureur arrestée,
Elle quitte les Medecins
Qui ne penetrans pas ses funestes desseins
Croyent avoir perdu leur peine ;
Et que puisqu'elle fuit sans leur repondre rien,
Elle leur temoigne assez bien
Qu'elle ne pretend pas satisfaire leur hayne.

Cependant à ce coup fatal,
La cruelle trop empressée
Ne croit pas son offence assez bien effacée,
Si Moliere ne meurt dans le Palais Royal,
Elle entre, elle en aproche & veut se satisfaire,
Mais voyant qu'il la brave, & que tout au contraire
D'exciter de l'horreur, elle augmente les Ris,
Pleine de honte & de furie,
Elle quitte la Comedie,
Et va l'attendre à son logis.

C'est là que l'Illustre Moliere
Arrive malheureusement,

Et

Et trouve en son apartement
Cette barbare meurtriere,
A peine est il entré que d'un trait inhumain
Conduit par sa funeste main
Elle rend sa rage assouvie;
Et sortant de ce lieu d'un pas precipité,
Laisse pour mieux marquer sa noire cruauté
Ce grand homme à la fois sans parole & sans vie.

Telle qu'en sortant du combat
Paroit une Amazone apres une victoire,
Telle apres son assassinat
Parut aux Medecins la Mort pleine de gloire,
Ne craignez plus, dit elle, avec un ton hautain,
Celuy qui de vostre art détrompoit le vulgaire,
Celuy qui m'outrageoit & vous estoit contraire.
Vient d'estre percé de ma main.
Travaillez donc pour mon Empire,
Pour l'agrandir employez vous,
Et puisque je suis pour vous tous
Scachez que de formais nul n'osera vous nuire.

Alors les Medecins d'un ton plein de transport.
Crierent tous, Vivat? Vivat? Moliere est Mort?

FIN.

www.ingramcontent.com/pod-product-compliance
Lightning Source LLC
Chambersburg PA
CBHW060837250626
47162CB00005B/2090

* 9 7 8 2 3 2 9 0 9 1 0 4 4 *